L'AUTEURE

Myriam SALOMON est l'auteure de nombreux ouvrages dont la série thriller Gabriel Beauregard débutée en 2007 et qui comporte avec ce dernier opus 4 épisodes. Mystérieusement, vous ne trouverez plus la seconde aventure pour des raisons personnelles de l'auteure. Myriam s'est essayée depuis 2007 à divers genres littéraires comme l'autobiographie, les nouvelles fantastiques, carnets de voyage et textes intimes. Après un long break de 5 ans où elle a pris le temps de réfléchir à son avenir d'écrivain, elle envisage un second tirage pour ses premiers livres qui ont eu chacun leur succès. Sa prédilection va à la série Gabriel Beauregard qui a gagné le cœur de son lectorat dès le début et continue à apporter son lot de plaisir d'écriture à Myriam aussi. Vous trouverez la trace de tout ceci sur les moteurs de recherche. Voici les titres écrits par Myriam : Les Hirondelles seront toujours là (Autobiographie) 3 Coeur à cris (textes intimistes) Gabriel Beauregard « la rencontre » (thriller) Couleurs de vie (textes intimistes) A la limite du monde (nouvelles fantastiques) L'Ariège à vélo et 10 jours à vélo dans les Cévennes (carnets de voyage) Visions (2e épisode de Gabriel Beauregard) Mémoires amnésiques (3e épisode de Gabriel Beauregard, toujours en vente chez Morrigane Editions) Ils sont partout ! Les cons (humour)

Édition : BoD – Books on Demand, info@bod.fr
Impression : BoD – Books on Demand,
In de Tarpen 42, Norderstedt (Allemagne)
Impression à la demande
Dépôt légal : Février 2023

GABRIEL BEAUREGARD

LA RENCONTRE
épisode 1

PROLOGUE

Le clair de lune illuminait la mousse au pied des arbres dans le sous-bois. Les branches grinçaient sous l'action du vent. Un nuage occulta un bref instant l'astre dans le ciel étoilé. Une chouette se posa dans un froissement d'ailes. Les halos de ses yeux dessinaient un spectre dans la pénombre.

Un carreau fendit l'espace et terrassa une biche. Un homme s'approcha d'un pas lent et sûr. Il portait des vêtements de chasseur et un chapeau. Une arbalète lui barrait la poitrine et un carquois lui recouvrait le dos. Le braconnier s'agenouilla près de sa victime pour lui ôter le projectile d'une main professionnelle. La bête râla dans un dernier sursaut, puis s'affaissa lourdement et définitivement. Avec des gestes précis et méthodiques, l'homme lui ligota les pattes et la hissa sur son épaule droite.

Un hydravion attendait depuis quelques minutes à la surface d'un lac. Le pilote vint à la rencontre du chasseur.

— Tout est OK ? La voix était rauque.

L'autre opina en silence.

— Rentre chez toi.

PREMIERE PARTIE

1

Juin 2007

Townlake, petite contrée de trois mille âmes située dans le Montana aux États-Unis au bord d'un lac longiligne, est surplombée par la chaîne de Big Belt Mountains.

Townlake est distante d'une centaine de kilomètres de Butte qui a prospéré dans les années soixante-dix grâce à l'exploitation du cuivre d'Anaconda. De nos jours, c'est une ville fantôme abandonnée depuis l'épuisement des gisements.

Au nord de Townlake, la plus grande ville est Great Falls et si vous remontez encore cent kilomètres, ce qui en fait deux cent cinquante depuis notre petite communauté, vous tombez sur le Missouri.

Les hivers sont froids dans le Montana, avec une moyenne de moins dix degrés mais en contrepartie, les étés peuvent se prolonger jusqu'à fin octobre, avec des pointes à vingt-deux degrés.

Townlake compte un seul bar digne de ce nom ; ce soir, il est plein à craquer.

Les volutes de fumée de tabac agressent les yeux. Un baby-foot et un billard au tapis usé dont on devine difficilement la couleur d'origine, est à la disposition des clients. Chez Georges, on discute après le boulot, les mariages et les enterrements, on y papote, cancane, pleure, soupire, rit, mange ou encore boit un coup. C'est aussi le lieu des rencontres sportives qu'on suit sur les deux écrans de télévision installés au-dessus du zinc.

Georges est le proprio. Un grand gars dégingandé dont le visage arbore toujours une barbe d'un siècle, porte à longueur d'hiver un pull bleu marine. Il a toujours voulu naviguer sur les grands océans jusqu'à ce qu'il rencontre une fille qui habitait Townlake dans les années 2000. Georges a racheté une vieille bicoque et l'a transformée en bar. L'idylle a duré un an puis sa fiancée est partie avec un autre.

Georges a alors décidé de rester. Cela fait maintenant dix ans que son bar accueille tout Townlake.

Pour le jour, c'est le grand loto annuel que Georges organise toujours avant le lancement de la grande saison d'été.

Dans la pièce principale, il règne un brouhaha mêlé de rires et de paroles. Des adolescents bataillent à coups de grains de maïs et cocos séchés qui servent à marquer les numéros lors du tirage du loto. Des personnes déambulent boissons à la main, tandis que d'autres déplacent des chaises et des tables pour essayer de gagner encore un peu de place dans la petite salle de soixante mètres carrés.

Il est vingt-et-une heures trente, la nuit commence à tomber. Un 4x4 se gare sur le trottoir devant le bar. Deux vieux candélabres en fer forgé diffusent une lumière diaphane sur le bitume, tentant d'atténuer les ténèbres.

Le propriétaire du véhicule est Gabriel Beauregard, la quarantaine entamée, barbe naissante, tempes grisonnantes, mince, stetson de cuir, chemise brune et un pantalon en toile de même couleur.

Tout en se frayant un chemin à travers les tables, un gars sur les talons portant une casquette de base-ball, il se rappelle la fois où il est entré la première fois chez Georges en septembre l'année précédente.

Gabriel avait stoppé son 4X4 sur le trottoir attenant au bar. Le débit de boissons était presque désert en début d'après-midi. Un type, âgé d'environ soixante-dix ans, assis à une table lui avait jeté un bref regard. Un autre plus jeune, accoudé au bar, l'avait fixé comme si un martien venait de débarquer. Un troisième gars barbu était debout derrière le bar et son allure était baraquée, approchant les deux mètres. Une télévision, suspendue au-dessus des bouteilles, dégueulait un flot d'infos locales.

— Bonjour. Pourriez-vous m'indiquer le chemin pour se rendre à la cabane forestière ?

Le barman avait semblé surpris.

— La cabane forestière ? Ah ! Oui, je vois ce que vous voulez dire. C'est à trois kilomètres d'ici. Vous retournez d'où vous êtes arrivé, vous passez la ferme d'Antonin et Gaby et deux kilomètres après il y a une piste qui débute sur la droite. La cabane se trouve au bout. Vous pouvez pas vous tromper, la piste ne mène que là-bas.

— Ok, merci.

— Hé ! Vous voulez pas une petite bière avant de repartir par cette chaleur ?

— Plus tard. Merci.

— Mon nom est Georges, je suis le propriétaire du bar. Bienvenue !

Gabriel reprend ses esprits alors qu'il slalome parmi les tablées. Le type qui le suit l'interroge :

— Qu'est-ce t'as fait du chien et du petit ?

— À la maison tous les deux.

— Hé Grégory, par ici ! Les interpelle un homme.

— Salut Léo ! Grégory lui serre la main chaleureusement et Gabriel en fait tout autant et ils s'installent.

— Je vais chercher à boire, lance Léopold qui disparaît aussitôt dans la foule.

— C'est animé, s'exclame Gabriel en riant.

— Le type que tu vois là-bas, c'est Ray. C'est lui qui tire les numéros. Il n'a pas son pareil, tu verras.

Un gars s'approche avec des cartons de loto. Léo revient avec trois chopes de bière.

— Merci Léo.

Soudain, Ray réclame le silence. Des billes en bois numérotées de un à quatre-vingt-dix-neuf sont jetées dans une sorte de panier à salade en métal activité par une manivelle. Ray s'improvise humoriste à travers des blagues basées sur le folklore local.

Un intermède est décidé après une heure de jeu, afin de permettre aux joueurs de se détendre et se réapprovisionner en boissons pour la seconde partie.

Grégory discute avec Léo.

Gabriel gamberge, ressassant l'année qu'il vient de vivre :

Son arrivée, les allusions de Nancy, le meurtre dans la forêt, les récits étranges de Grégory, son agression. Il trouve l'ambiance joviale de la soirée en total décalage avec ces événements. Cette contrée est animée par une ambivalence certaine. Tous ces visages qui rient portent un masque. Aujourd'hui, il sait qu'ils cachent un secret. Mais lequel ?

À nouveau, Gabriel se souvient.

2

Juillet 2006

Lorsque Gabriel avait demandé sa mutation à la Société Écologie Animaux, il ne pensait jamais se retrouver au cœur d'un village touristique. Au prime abord, il avait refusé la proposition mais ses supérieurs eurent vite fait de le convaincre en lui assurant que l'hiver la bourgade était un *vrai trou*.

Sa mission consistait en l'évaluation de la population d'ongulés avant l'hiver suivant, d'en cerner le territoire pour en limiter la chasse, voire de l'interdire si l'effectif s'avérait insuffisant.

Son second rôle était de faire des prélèvements de la végétation qui avait subi d'importantes déformations dues aux vapeurs de cuivre rejetées par les usines d'exploitation de ce minerai encore vingt-cinq ans en arrière.

La Société Écologie Animaux, employeur de Gabriel, disposait d'un parc important de maisons forestières. Elle les louait aux particuliers ou y logeait son personnel.

Bien que le prédécesseur de Gabriel soit parti depuis plus d'un an, le chalet dont il bénéficiait était resté vide de toute occupation. La S.E.A. s'était bien gardée de l'en informer histoire d'éviter des frais de nettoyage. La secrétaire s'était contentée de lui envoyer par mail l'itinéraire de son trajet et un vague plan du lieu d'implantation de la maisonnette.

Gabriel quitta l'axe routier principal en provenance de et emprunta un chemin indiqué sur le plan. Il aperçut un poteau brisé qui gisait au sol en bordure, seul vestige de la boîte aux lettres dont les débris jonchaient l'herbe.

La piste carrossable n'était pas mauvaise et se terminait huit cents mètres plus loin par une clairière au bord d'un lac.

L'endroit, à l'écart de tout, en pleine forêt, répondait parfaitement aux attentes de Gabriel.

Un vieux ponton en bois faisait encore bonne figure. Le lieu dégageait une certaine mélancolie, très coloré par la multitude de variétés de fleurs en ce début de mois de juillet. Le crissement ambiant des insectes se gavant de pollen et d'herbacées fraîchement poussées, emplissait l'espace. Les libellules surfaient à la surface du lac.

Un panneau ne tenant plus que par un clou rouillé pendait au-dessus l'entrée. Quelqu'un y avait gravé grossièrement *Bienvenue au Paradis*. Les gonds de la porte grincèrent quand Gabriel poussa la porte.

L'intérieur était sombre. Gabriel ouvrit les volets des deux fenêtres donnant sur la façade. Le soleil entra comme dans une pyramide close depuis des millénaires. Les particules de poussières s'affolaient dans ses rais lumineux.

La pièce principale offrait un spectacle des plus désolants. Des toiles d'araignées pullulaient, et la couleur grise dominait. Un poêle à bois trônait contre le mur du fond et quelques bûches traînaient au sol.

Une assiette et une fourchette étaient disposées sur la table encadrée de deux chaises donnant l'impression que son dernier occupant avait pris la fuite soudainement. Des outils reposaient dans un coin : hache, scie, coins pour éclater les billots de bois.

À l'arrière du chalet, Gabriel découvrit une kitchenette et une salle d'eau. Pas de chambre ; seulement un lit dans un renfoncement.

Gabriel soupira bien que loin de ces considérations. Du moment, qu'il avait un minimum de confort, peu lui importait la grandeur du local. Il confectionnerait des étagères supplémentaires et une mezzanine si besoin.

Il entreprit de nettoyer du sol au plafond son nouveau foyer.

L'eau du robinet étant salle à cause des canalisations qui encrassées. Il décida d'aller remplir son seau au lac.

Alors qu'il sortait du chalet, un lièvre se précipita dans le creux d'un vieux tronc d'arbre. Gabriel se mit à plat ventre sur le ponton et plongea le récipient. Une truite fila sous ses yeux dans l'onde transparente.

Le nettoyage lui prit trois heures avant de pouvoir s'accorder une pause pour sa première soirée. La température douce lui permit de rester sur le ponton assez tard. Des vaguelettes formées par la brise frisaient l'étendue d'eau dans un léger clapotis. Les branches des sapins de Douglas se balançaient. La voûte céleste délivrait ses diamants au fur et à mesure que la nuit approchait.

À mille huit cents mètres, les nuits étaient fraîches. La lune projetait sur la façade du chalet son halo lui conférant l'aspect d'une maisonnée perdue au milieu de la forêt. Un instant, Gabriel pensa à un décor pour film d'horreur. Il avait remarqué lors de l'une de ses dernières sorties en ville avant de déménager à Townlake que c'était un genre de nouveau à la mode.

Étendu sur le lit, l'homme sombra dans un profond sommeil. Vers deux heures du matin, il se redressa en sursaut en hurlant. Toujours le même cauchemar. Le pouls rapide et la respiration saccadée, il s'épongea le front et ne retrouva le sommeil qu'à l'aube.

3

Gabriel passa les mois de mai et juin à prendre ses marques au sein de la communauté de Townlake et à arpenter le territoire qu'il devait superviser. De longues journées à marcher dans les montagnes magnifiques de Big Belt Mountains ainsi que sa cadette Little Belt Mountains.

Il apprit petit à petit à se confondre à la population de la petite ville. Les distractions du coin étaient simples et surtout sportives : concours de pêche, de confection gâteaux à la maison de retraite, de courses de canoës de VTT à travers les rues de Townlake, étant précisé que ce jour-là, les vieux étaient priés de se tenir à l'écart tant l'agitation était folle.

Gabriel remarqua que tout était qualifié de *concours* au lieu de *compétition*. Une volonté du maire qui préférait motiver les gens plutôt que de les mettre en concurrence.

Une de ses priorités fut de s'approvisionner en produits alimentaires biologiques. Il fit ainsi connaissance avec Antonin et Gaby.

Antonin et Gaby avaient acheté leur ferme à la suite de leur mariage. Cela faisait bien une quarantaine d'années déjà. Le vieux couple se regardait toujours avec les yeux de l'amour et malgré les durs labeurs de cette activité, ils paraissaient bien plus jeunes. Ils élevaient toutes sortes d'animaux : poules, lapins, canards, dindes, cochons et possédaient une dizaine de vaches laitières. Le père Antonin disait toujours :

— J'les élève au grain et au bon air moi mes bêtes ! C'est pas du poulet usiné. On peut gober les œufs. Il prononçait le f de la fin.

Ceux qui désiraient faire leur charcuterie achetaient un porc en début d'année et leur confiaient, mais Antonin n'en prenait pas plus de quatre à l'année ce qui occasionnait parfois de grandes disputes locales.

Pour nourrir leurs bêtes, ils avaient acquis plusieurs champs où ils cultivaient du maïs et du fourrage. La fenaison était l'occasion de revoir de vieux amis et leurs fils.

Gabriel fut accueilli par deux molosses.

— Daffy ! Bugs ! Soyez polis avec monsieur !

Gaby regorgeait de vivacité. C'est elle qui restait toujours à la ferme dans la journée pendant que son mari s'affairait dans les champs ou au potager.

— B'jour m'sieur ! Vous désirez ?

— J'ai vu votre panneau sur le bord de la route et je me demandais si je pouvais vous commander deux ou trois choses.

— Oui ! Seriez pas le nouveau gardien forestier par hasard ?

— Exact Madame.

— Ah ! Bienvenue alors. Vous verrez ici les gens sont simples. On n'a pas de grosses têtes mais on s'en plaint pas. Les gars ici se nourrissent de la nature environnante et des matchs de base-ball chez Georges. Quant aux filles, il y en a un minimum et c'est tant mieux. Plus il y a d'abeilles dans la ruche, plus on de chance de s'faire piquer !

— J'étais venu pour des œufs, un poulet et si vous avez quelques légumes frais pour deux ou trois jours. Un peu de lait et de beurre aussi. Comment se nomme l'apiculteur ? Je voudrais lui acheter un peu de miel.

— C'est Gabin. Il pose ses ruches un peu partout. Vous le trouverez à son atelier tous les soirs de l'autre côté de Townlake. Vous n'avez qu'à parcourir toute l'avenue principale et la dernière maison du bled est la sienne. Pour le reste, pas de problème, je vous prépare tout ça pour tout à l'heure.

— Je vous règle maintenant ?

— Diable non ! On verra ça plus tard.

— OK, à tout à l'heure alors.

Gabriel décida se de rendre en ville. A peine sorti de son véhicule, les gens le dévisagèrent. Il tomba sur Georges sans le reconnaître.

— Salut. Georges. Le proprio du bar !

— Désolé, je ne vous ai pas remis. Vous ne bossez pas ?

— Pas à la haute saison, j'ouvre que les après-midi. À partir de juin, tout le monde à autre chose à faire aux champs ou ailleurs qu'à venir traîner chez moi le matin. J'ouvre qu'à quinze heures jusqu'à minuit. L'hiver après c'est autre chose, j'suis quasiment la seule distraction du coin ! Ah ! Ah ! Les gens aiment se retrouver chez moi car je suis pas du genre à exiger la conso toutes les cinq minutes même si vous restez toute la journée planté sur une chaise. Z'avez trouvé facile la baraque ? Pas jojo hein ?

— Ça va, y avait surtout de la pousque.

— Ouais ! Allez à bientôt ! J'peux vous demander votre nom ?

— Vous pouvez m'appeler Gab.

— D'ac Gab ! Salut.

Gabriel s'enquit d'aller chez l'apiculteur. Quelques personnes déambulaient dans les rues, beaucoup à vélo. Il passa devant une auberge Chez Clarisse puis, une deuxième cent mètres plus loin Chez Anna. La traversée de Townlake lui prit une quinzaine de minutes et il chercha le nom sur une porte.

Rien n'indiquait la maison quand il vit le prénom de Gabin sur une vieille porte sans nom de famille juxtaposé. Il frappa trois fois.

— Qu'est-ce que c'est ? répondit une voix bourrue.

— On m'a dit que je pourrais vous acheter du miel.

— Combien de kilos vous voulez ?

— Un seul.

La porte, restée fermée pendant leur échange, s'entrouvrit, laissant apparaître une main osseuse avec un pot de miel. Gabriel aperçut un visage anguleux mangé par une barbe hirsute.

17

— Voilà, ça fait dix dollars cinquante.

Gabriel lui tendit un billet et une pièce.

— Gardez la monnaie.

— T'es nouveau toi ici ? Que tu t'appelles ?

— Gab.

— Gab ? C'est un nom de cabot ça ! Tu dois être le nouveau forestier.

La main goba les sous et claqua la porte sans autre forme de politesse.

Spécial le gars...

Sur le chemin du retour, Gabriel repassa chez Gaby pour récupérer ses victuailles avant de rentrer au chalet

En fin de journée, le forestier s'accorda une partie de pêche à la mouche autour du lac.

Il avait parcouru deux ou trois cents mètres le long de la berge et s'était installé sur un rocher pour lancer sa ligne. Gabriel aimait ses instants de quiétude où le geste précis et régulier des coups du poignet font décrire au fil souple des arabesques dans l'espace comme un lasso silencieux guettant sa proie.

Il effectua ses lancers tout en se déplaçant sur les rocs. Le fil creux produisait un bruit étouffé dans l'air. À son extrémité, le leurre affleurait l'eau à chaque passage. Durant une demie heure, il n'eut aucune touche.

Il avait presque fait cinq cents mètres autour du lac quand il ramena sa ligne pour y refixer la mouche artificielle. Tout d'un coup, un cri déchira le silence. Gabriel vit l'aigle passer au-dessus de lui en quête de poisson.

En s'abaissant, le regard de Gabriel se porta sur le chalet au loin. Si ce n'était la chaleur ambiante, il se plut, quelques instants à s'imaginer vivant avec les grizzlis aux alentours ;ce qui somme toute, ne devait pas toujours être agréable ; puis sourit en secouant la tête pour chasser ses pensées infantiles.

4

Nancy était un des personnages clé de Townlake. Une femme grande et ronde à la chevelure bouclée abondante et brune. Elle avait toujours le sourire et pouffait de rire toutes les trente secondes. La gaieté qui émanait de sa voix pouvait redonner espoir à quiconque s'étant levé du pied gauche. Elle faisait toujours un brin de causette avec ses clients en s'asseyant à leur table.

Dans ces moments-là, elle n'était plus la patronne de l'auberge, seulement Nancy. Son rôle était fréquemment arbitraire et permettait de résoudre les tracas quotidiens de certains. Elle en avait remis plus d'un dans le droit chemin. Révéler les choses sous leur vrai jour, c'était son truc. Ainsi, elle savait effacer colère, jalousie, désespoir, et même parfois la passion qui déforment la vision de la réalité comme un maudit kaléidoscope. Cependant, elle avait aussi la capacité de déclencher l'inquiétude là où elle n'était pas. Exactement tel ce matin-là où Gabriel choisit de venir prendre son petit déjeuner chez elle pour la seconde fois.

— Notre beau gosse n'a pas l'air en forme ce matin. Café ?

— Volontiers.

Gabriel avait déjà ses habitudes et s'assit à sa table près de la fenêtre donnant sur la rue pour observer le va et vient, mains jointes posées devant lui. Quand la douce chaleur de la chaumière l'eut enveloppé, il ôta sa veste en nubuck et étira ses jambes.

Nancy arriva avec un grand bol de café fumant et deux donuts.

— Comment ça val mal ce matin ? Vous avez dormi dans votre sac de couchage ou quoi ? Vous avez une tête de déterré ! Sans vouloir vous offenser !

— C'est ce calme. Je ne suis pas encore habitué.

— Bah ! Vous z'en faites pas. Il va bien se passer un truc. Je vous le garantis. Chaque année, il y a une chose bizarre qui se produit ici.

— C'est quoi cette histoire ? Que voulez-vous qui se passe, à part les petits bobos habituels des touristes qui marchent en tongs en haute montagne ?

— Vous verrez, c'est dû au pays, j'vous dis. Il y a toujours un événement étrange qui arrive à un moment donné. Je l'ai constaté depuis de nombreuses années. D'ailleurs, il n'y a pas que moi qui l'ai remarqué mais le sujet est tabou pour les habitants. Vous comprenez, si ça se savait, plus personne ne viendrait passer ses vacances ici.

— Nancy, vous êtes une personne très étonnante. Je vois mal l'Abysse du Lac publier autre chose que la dernière recette inventée par la Mère Gaby.

— C'est bien là le hic, tout le monde fait mine de rien. Sauf Brody, le shérif, bien sûr qui ne peut faire autrement. Cela dit, il opère toujours très discrètement pour ses enquêtes.

Gabriel rit franchement.

— Au fait ! Une chose m'intrigue.

— Une seule ? Ah ! Ah !

— J'ai remarqué que les gens ne mettent que leur prénom sur leur porte d'entrée. Comment fait le facteur à les différencier ?

— Disons qu'il connaît bien tout le monde. C'est une des particularités de Townlake ; tout le monde s'appelle par son prénom.

— C'est assez singulier.

— Tout est singulier ici m'sieur. Bon, je me sauve, les clients n'vont pas tarder.

Gabriel regarda Nancy s'éloigner en direction de la cuisine. Il chopa un donut dans la corbeille déposée devant lui et le mordit à pleines dents tout en tournant la cuillère dans son café.

À cet instant, Grégory passa la porte de l'auberge. Apercevant Gabriel, il le rejoignit à sa table.

— La même chose que mon ami, Nancy chérie !

Grégory était le photographe attitré du journal local, L'abysse du Lac. Il travaillait également pour son compte personnel pour divers journaux des villes en leur vendant des photos de la faune locale. Gabriel l'avait rencontré par nécessité professionnelle lorsqu'il avait dû dénombrer une harde de biches et depuis une certaine camaraderie était née entre eux. Ils appréciaient se retrouver autour d'un bol de café tous les matins avant d'entamer leur journée.

— On ne te voit pas beaucoup ces temps-ci, dit Gabriel.

— Je suis descendu au pays pour proposer quelques clichés et prendre un peu de boustifaille. J'ai rapporté de la confiture de groseilles si ça te dit.

— Je te remercie.

Grégory sirotait son café tout en regardant à l'extérieur.

— Alors, selon toi, que va-t-il se passer bientôt ? lui demanda Gabriel.

— Pardon ?

— Figures-toi que je discutais avec Nancy avant ton arrivée et qu'elle m'a fait la confidence qu'il se passe toujours un fait MYSTERIEUX chaque année.

Grégory grimaça.

— Alors c'est vrai. C'est pas des balivernes. Nom d'un chien. De quoi s'agit-il ? Des bêtises de voisinage, Nick qui a disparu ?

— Non, non. Ce sont vraiment des choses graves.

— Expliques-toi.

— On n'aime pas trop parler de ça tu sais ici. Mais bon, maintenant que tu fais partie du décor je peux bien te raconter. En fait, cela a commencé il y a quatre ans. Justement l'hiver où tout le monde chercha Nick. Ce n'est qu'un cabot chapardeur mais Gabin avait tellement de chagrin que toute la ville s'est mise en quête de retrouver sa bête. Quelqu'un l'avait vu la veille dans les phares de sa voiture sur le début de la petite piste qui mène à ton chalet. Mais ce chien il traîne partout furetant le moindre gibier. Du coup, personne ne s'en est inquiété les trois premiers jours. C'est bien plus tard, que la personne qui l'avait aperçu s'est rappelé avoir trouvé l'attitude du chien anormale sans trop savoir pourquoi sur le moment. En y réfléchissant bien, le chien n'avait pas l'air seul. Il semblait suivre une trace ou peut-être quelqu'un. Il trottinait d'un pas décidé. Quelques jours plus tard, un cadavre de biche a été retrouvé non loin du début du sentier et lorsque nous avons retrouvé Nick, le vétérinaire du coin qui l'a ausculté, a constaté qu'il n'avait pas maigri d'un gramme, et que ce dernier n'avait sur lui aucun poil de biche.

— Mais pourquoi a-t-il vérifié cela ?

— Et bien, la police le lui a demandé. On ne s'explique pas comment un chien ayant le flair de Nick a pu passer devant cette bête morte sans aller la renifler de près.

— Peut-être avait-il senti qu'elle était morte ?

— Non, non. Ça colle pas.

— M'enfin, je ne vois pas ce qu'il y a de si extraordinaire à trouver une biche camée. Elle a pu ne pas assez se nourrir l'été et en crever lors des premiers froids.

— M'oui, sauf qu'elle n'était pas morte de froid mais d'une balle en plein cœur apparemment tirée à bout portant. Alors, premièrement, ce n'était pas la période de chasse et deuxièmement, comment peut-on tirer une biche à moins d'un mètre en l'approchant comme si c'était un animal domestique qui ne se serait pas méfié ?

— Et qu'a fait la police ?

— Pas grand-chose en fait. Une bête morte, après tout qui s'en soucie. L'affaire a été close.

— Enfin, finalement, cela n'est pas bien méchant. Sur le coup, Nancy m'a foutu la trouille.

— Mm……

— Y a une suite ?

— En effet. Plus personne ne pensait plus à cet incident l'hiver suivant. C'est de ton prédécesseur que nous avons ouï des faits mais là encore tout paraît flou. C'était un gars pépère en fin de carrière. Il n'était pas méchant mais s'était mis à boire après avoir perdu sa femme. C'est à cause de son penchant pour l'alcool que personne ne l'a pris au sérieux. Un matin, il est arrivé comme un dingue chez Georges ; si tôt que ce dernier n'avait pas encore ouvert le bar. Il tambourinait sur la porte en criant « Je les ai vus ! Je les ai vus ! » Georges est descendu lui ouvrir avant qu'il n'ameute tout le quartier. Il était hagard et effrayé. Georges nous a rapporté ses propos :

Ernie dormait quand un bruit sourd l'a réveillé au milieu de la nuit. Il devait être deux heures du matin. Cela ressemblait à un moteur d'avion, ce qui a tout de suite intrigué Ernie, car en plein hiver aucun avion n'est sensé survoler le coin ; c'est trop dangereux avec le brouillard. Il est donc sorti de la cabane avec une torche. Il y avait une vraie purée de pois.

Un bruit de moteur, tournant au ralenti, venait du lac à quelques cinq cents mètres du ponton. Alors, Ernie s'est fait silencieux, a éteint sa lampe, et s'est dirigé vers le lac. Il a entendu des hommes parlant à voix basse. Un type avec une voix rocailleuse donnait des ordres aux autres mais le vent a empêché Ernie de saisir les mots qu'ils échangeaient. Le truc bizarre c'est qu'il a dit à Georges avoir aussi entendu un bruit de sabot glisser sur un rocher. Et voilà !

— Ça s'arrête là ton histoire ?

— Bien sûr. Comment veux-tu que la police ouvre une enquête sur pareilles sornettes.

— Mais ce sont peut-être des contrebandiers qui passent de la drogue ou je ne sais quelle autre saleté.

— Oui, mais toujours est-il que la police a dit qu'elle ne pouvait pas ouvrir un dossier à chaque cuite d'un des habitants de Townlake. Du coup, l'affaire en est restée à ce stade. Bon, écoute, j'ai la camionnette à décharger alors je te laisse.

— Attends ! Tu ne m'as pas raconté pour l'année dernière.

Grégory s'était déjà sauvé.

Le premier été de Gabriel se déroulait de la manière la plus agréable. Antonin passa un soir au chalet pour lui demander de l'aide pour les foins. Aussi, ce matin, il l'attendait au croisement de la route menant à Townlake.

Le rendez-vous était fixé à six heures pour se rendre au Champs des Belles. Le tracteur apparut au loin, suivi de deux voitures occupées par les fils d'Antonin, Clovis et Alex et deux vieux amis. Ils se saluèrent d'une franche poignée de main.

Clovis et Alex vivaient à Spokane. Cependant, ils posaient toujours une journée pour aider leur père au labeur des champs. Ils avaient tous deux la trentaine. Clovis, marié, père d'un garçon de cinq ans. Alex, grand solitaire passant la plupart de son temps libre à parcourir la forêt, connaissait la région quasiment par cœur et Gabriel avait déjà eu l'occasion de le rencontrer pour compléter quelques informations dont il avait eu besoin pour son travail. Sa collaboration lui avait fait gagner un temps précieux.

Les deux amis d'Antonin à la retraite passaient l'été à dépanner les vieux copains à de multiples travaux campagnards : ramasser le foin, le maïs, tondre les moutons, changer les vaches de pâture, labourer les champs mais aussi tuer le cochon vers Noël et fabriquer la charcuterie, couper le bois pour l'hiver bien que maintenant tout le monde ait fait installer le chauffage central, mais les anciens encore habitués comme d'antan, se constituaient chaque année quelques stères de bois de chauffage. Et ce n'était pas vraiment du superflu car il était fréquent que les chaudières tombent en panne en plein hiver. Or, le premier plombier se trouvait à cinquante kilomètres, alors autant ne pas compter sur lui quand il y avait deux mètres de neige.

Tous les cinq montèrent sur la remorque à l'arrière du tracteur d'Antonin qui s'engagea dans un petit sentier longeant le Champ des Belles où paissaient une dizaine de vaches et trois veaux. Elles regardèrent la caravane passer. L'une d'entre elles meugla.

— Bonjour Crémeuse ! Celle-ci, c'est la plus intelligente !

Une fois arrivés, chacun s'empara d'une fourche. Il leur fallut travailler vite car quelques nuages gris s'amoncelaient déjà au-dessus des montagnes et ils craignaient un orage.

Ils entassèrent les balles de foin sur la remorque tout en essayant de les maintenir en équilibre sur une hauteur de cinq mètres. Cette tâche était réservée aux deux vieux copains d'Antonin bien rodés à cet exercice.

Le torse nu, les muscles des hommes saillaient au soleil. De multiples brins de paille se collaient sur leur peau suante. Vers onze heures, Antonin sortit une petite glacière contenant cannettes de bière bien fraîches et sandwichs.

Gabriel rentra chez lui plus fourbu que lorsqu'il marchait en montagne. Ce soir-là, il dormit dans son hamac sur la terrasse du chalet tant la soirée était délicieusement chaude.

L'hiver arriva début novembre après le départ des derniers touristes ayant apprécié l'été indien.

Gabriel en profita pour faire de la paperasse pour son boulot et aménager un peu mieux le chalet.

La neige tombait depuis quatre jours sans discontinuer. Le 4x4 formait une boule. Une fine couche de glace conférait au lac un aspect désertique. Pas un souffle ne perturbait l'inertie hivernale. Les bêtes grattaient la neige du museau, des pattes et des sabots pour dénicher quelques lichens. Les renards chassaient le mulot dans la neige. L'ouï aux aguets, ils bondissaient à travers le manteau blanc pour saisir leur proie.

Pétrifiés par le givre, les buissons adoptaient des formes étranges tantôt drôles, tantôt torturées. Le vent sculptait des stalactites aux formes multiples, celles-ci évoluant au fil de la journée. Sous l'ardeur du soleil, les gouttelettes scintillaient comme des miroirs puis regelaient pour adopter de nouveaux aspects jusqu'aux lueurs prochaines. La neige, à l'instar d'une dune de sable était en constant changement.

Parfois, on apercevait des empreintes d'animaux.

Ce jour-là, venaient s'ajouter celles des raquettes de Gabriel.

Gabriel avait équipé le 4x4 de chaînes pour faire une virée sur le versant Sud de Big Belt Mountains. Coiffé d'un bonnet, les oreilles protégées d'un bandeau, il prit également jumelles et boussole.

À l'aide d'une raclette, il dégagea le pare-brise de la pellicule de givre ainsi que les vitres latérales puis déblaya à la pelle une partie de la neige entassée contre les roues avant.

Il tourna la clef de contact tout en se demandant si le moteur allait se mettre en marche. À son grand soulagement, l'engin démarra au quart de tour. Il le laissa chauffer cinq minutes puis avança doucement dans le chemin jusqu'à la route menant à Townlake, l'habitacle se réchauffant agréablement.

Il était six heures du matin quand il traversa Townlake encore endormie. Gabriel parcourut l'avenue principale au ralenti. Les fenêtres éclairées du bar de Georges et de l'auberge de Nancy donnaient une touche de nativité à la rue.

Après une dizaine de kilomètres, il se gara sur une piste forestière.

Gabriel marcha plusieurs heures en raquettes.

Quand le soleil fut à l'aplomb, il planta ses deux bâtons dans la neige, déchaussa ses raquettes, ôta son sac à dos et en sortit un grand sac poubelle plastique dans lequel il enfila une polaire. Un trou aménagé dans la neige lui servit d'assise.

Il sortit un torchon dans lequel était empaquetés un quart de pain de campagne et quelques tranches de jambon cru.

Le soleil faisait briller la surface de la neige. Un oiseau de proie déchira le silence de son cri, cherchant sa pitance.

Gabriel mâcha doucement chaque bouchée de pain. Il rinça son quart de vin dans la neige provoquant une petite tâche rouge sang qui s'infiltra à travers les flocons pour devenir rose très pâle.

La journée était magnifique et le ciel d'un bleu pur sans nuage.

À l'aide des jumelles, Gabriel balaya la crête à cinq cent mètres séparée du lieu où il était par un pierrier. Le rebord de la falaise était bordé de sapins de Douglas.

Soudain une brillance l'aveugla. Rajustant ses jumelles, il lui fallut une vingtaine de secondes pour repérer à nouveau l'endroit quand il vit deux personnes, l'une d'elles portant une arme, ils étaient en conversation, mais vraisemblablement pas amicale !

Intrigué, Gabriel pensa qu'il s'agissait de deux braconniers. Brusquement, l'un des deux hommes s'anima. L'autre qui se tenait au bout du canon de son adversaire agita les bras, puis recula de deux mètres braquant lui aussi son fusil. Il tira. La violence du coup à bout portant éjecta le deuxième gars à un mètre où il s'effondra.

Gabriel sursauta. Son pouls s'accéléra. La détonation avait retenti dans la forêt avec un écho surprenant. Le tueur se pencha sur l'autre, se releva et s'enfonça dans la forêt. Gabriel fut paralysé pendant un instant, ne sachant que faire.

Se ressaisissant, il rassembla ses affaires aussi vite qu'il put, chaussa ses raquettes, empoigna ses bâtons et partit précipitamment.

Tout au long de sa course, il revoyait la scène.

L'épaisseur de neige l'empêchait de progresser.

À l'abord du pierrier, il fut obligé de faire davantage attention. La neige était moins stable et le sol en pente freinait sa progression. Le pierrier traversé, il s'arrêta pour choisir le bon chemin. Il se remit en marche et après cinq minutes aperçut une masse par terre à dix mètres devant lui.

Il ralentit, ne pouvant s'empêcher de scruter à travers les arbres si l'autre chasseur était encore là. Son cœur battait si fort qu'il avait l'impression que sa cage thoracique était trop petite. Sa respiration haletante conjuguée au froid lui asséchait la bouche mais il se reprit aussitôt et alla vers l'homme allongé à terre. Arrivé presque à la hauteur du blessé, il retira son sac à dos tout en marchant pour sortir sa gourde. Il s'agenouilla près du gars, se pencha sur son visage. Des yeux statiques regardaient dans le vide.

Le regard de Gabriel se porta sur le bas-ventre du gars qui avait les tripes à l'air. Il se leva juste à temps pour aller vomir derrière un arbre.

Il mit quelques secondes à recouvrer ses esprits et une bonne heure pour rejoindre son 4x4 et alerter la police par l'intermédiaire de Grégory qui lui demanda de les attendre sur place.

Une heure plus tard, Gabriel conduisait Brody et Gregory sur les lieux du drame.

— Le deuxième, murmura Grégory.

Gabriel lui jeta un regard étonné. Brody inspecta le corps, puis prit quelques notes dans un calepin avec un bout de crayon carbone usé aux trois quarts.

— Peu d'indices comme d'habitude. Je vais vous demander la plus grande discrétion là-dessus, bien entendu monsieur Beauregard.

— Bien sûr, aucun problème.

Brody ne sembla même pas écouter sa réponse et s'affaira accroupi près du cadavre.

— T'as fini les clichés Grégory ?

— Ouais, c'est bon.

— Nous allons laisser le corps ici, je reviendrai avec une équipe. Je vous dépose en ville.

Grégory et Gabriel décidèrent communément d'aller prendre un verre chez Nancy.

À peine attablés, ils commandèrent un cognac au grand étonnement de Nancy.

— Je me demande comment t'as pas dégueulé en voyant ça.

— C'est ce que j'ai fait figure-toi avant de t'appeler. D'ailleurs, tant que j'y pense, tu peux garder ta confiture de groseilles…

— Mmh…

— Dis donc, j'ai pas rêvé, t'as bien dit que c'était le deuxième macchabée que vous trouviez. J'en conclue que tu ne m'as pas tout raconté.

— Ouais, j'pouvais pas me douter que ça se reproduirait. En fait, la première fois, c'est Frank, un pêcheur de Townlake. Il a accroché avec sa canne et fait une grosse prise. Pas celle qu'il escomptait faire. Le type avait été buté d'une balle en plein cœur avant d'être bazardé à la flotte certainement au début de l'hiver. Étant donné que le lac gèle en grande partie, le corps n'est réapparu qu'au dégel. Là encore, pas grand chose à en tirer. Les empreintes digitales étaient foutues.

— Et comment tu sais tout ça toi ? Je croyais que la police était ultra discrète.

— Brody est mon cousin.

— Brody ton cousin ? Je comprends.

— En fait, quand il y a des trucs louches comme ça, il fait appel à moi pour faire les photos du corps et des lieux.

— Monsieur fait dans le macabre…

— Je préférerais m'en passer. Le jus de tomates c'est pas mon truc.

— Sûr, c'est moins mignon qu'une biche. Et moi qui croyais être tranquille ici ! Une biche morte de façon plus que bizarre, des contrebandiers, un macchabée congelé ; heureusement que l'hibernatus ne s'est pas échoué sur la plage au milieu des touristes ; et maintenant un règlement de compte au beau milieu de la forêt. Qui d'autre que nous est au courant ?

— On est une poignée de figues à le savoir. Pour tout te dire tu es le troisième à être au courant.

— Quoi ! Et Nancy…

— Non. Elle sait pour la biche et les contrebandiers mais pas pour le reste. Bon autant que je te dise tout. Le corps qui est dans la forêt a été déménagé à l'heure qu'il est.

— Déjà ! Mais on y était il y a à peine une heure.

— Brody s'en est occupé avec des gars de la sécurité. Des flics affectés sur les cas particuliers. Le gars retrouvé l'hiver dernier avait une plaque autour du cou avec des signes gravés. Ils sont là-dessus depuis un an mais n'ont rien trouvé.

— Quel genre de signes ?

— Style mi-hiéroglyphes mi-autre chose. C'est à n'y rien comprendre. Ce type, il n'existe nulle part. Tout à l'heure, dans la forêt, Brody a discrètement détaché du cou de la victime exactement la même plaque. Tu me suis ?

— Les deux meurtres sont donc liés. Crois-tu que les deux autres le seraient ?

— Difficile à dire mais avant ces événements, Townlake était aussi calme qu'un volcan éteint et là tout à coup on dirait que ça se réveille.

— En tout cas, ça ne me plaît pas d'être dans la confidence.

— Dur d'y échapper maintenant…

— Ça me rappelle le fameux proverbe qui dit que trois peuvent garder un secret si deux d'entre eux sont morts.

— Cela impliquerait qu'un de nous soit le tueur je te signale !

— Ça implique surtout qu'on a intérêt à ouvrir l'œil.

— Je ne pense pas. ILS savent que vous n'avez rien entre les mains.

— Tout de même.

Grégory se leva en lui donnant une grande claque sur l'épaule et en lui disant quelques mots pour le rassurer puis s'en alla, lui laissant l'addition à payer.

Un orage éclata au moment où Gabriel passait le seuil de Chez Nancy. Un vrai déluge. Le temps de sortir du 4x4 arrivé chez lui et d'accéder au chalet, Gabriel était trempé.

Il fit un bon feu dans le poêle à bois et disposa la bouilloire dessus qui se mit à cracher de la vapeur par son bec après quelques minutes.

Séché et changé Gabriel se servit un bon thé et le but debout devant la fenêtre. Dehors, la pluie redoublait d'intensité. Il porta la tasse à ses lèvres quand il entendit à l'extérieur un gémissement. Aurait-il mal entendu, le grain faisait un tel vacarme qu'il était possible qu'il ait cru entendre quelque chose sans qu'il n'y ait rien. Mais, il devina à nouveau un deuxième gémissement plus distinct cette fois. Il voulut en avoir le cœur net, chaussa des bottes en caoutchouc, enfila un poncho s'aventura sur le porche.

— Il y a quelqu'un ?

Aucune réponse.

— Je suis pas fou, j'ai bien entendu tout à l'heure.

Il fit le tour de la maison, scrutant partout. Rien.

En revenant au bas des marches de la terrasse , il vit bouger une chose sous l'avancée en bois. Il s'approcha et découvrit un chiot l'implorant des yeux. Il l'empoigna par les poils.

La petite bête était dégoulinante de pluie glacée. Gabriel la sécha vigoureusement avec une serviette éponge en la maintenant sur la table. C'était un husky qui semblait avoir six mois et ne portait pas de collier. Il semblait en bonne santé et Gabriel se dit que ses maîtres avaient dû l'égarer. Il le déposa à terre devant le poêle à bois sur la serviette éponge pour qu'il sèche et se réchauffe. L'animal entreprit une toilette.

— Étant donné le temps qu'il fait, on va passer la soirée ensemble et demain, je trouverai bien quelqu'un en ville qui saura me renseigner sur l'identité de tes maîtres. Ils doivent se faire bien du souci.

Le chien lui jeta un coup d'œil indifférent.

Le lendemain matin, Gabriel installa le chiot sur le siège passager du 4x4 et l'attacha avec la ceinture de sécurité. Le chiot se mit aussitôt à mordiller rageusement la sangle qui l'entourait.

— Hé ! Va pas abîmer le matos mon p'tit où t'auras affaire à moi !

Le 4x4 disparut au premier tournant. Quelqu'un s'approcha du chalet. Un jeune garçon d'environ quatorze ans. Il monta sur la petite terrasse et regarda à travers les vitres. Il eut la froisse de sa vie quand une main se posa sur son épaule.

— Tu cherches quelque chose mon gaillard ?

— Non ! Non !

— Alors, peux-tu m'expliquer ce que tu fais ?

— Rien du tout.

— Dans ce cas, je vais te ramener chez toi.

— J'habite pas ici.

— Et où habitues-tu ?

— Écoutez, je vais rentrer tout seul à pied, j'aime mieux.

— À ta guise. Mais ne t'avise pas de toucher à la poignée de cette porte.

— OK.

Gabriel tourna les talons et regagna son 4/4.

— Moi, c'est Éliot et vous ?

Gabriel surpris, s'arrêta dos à Éliot. Il finit par se retourner.

— Gab.

— Enchanté.

Le chiot gémit et tira sur la laisse de fortune confectionnée par Gabriel qui ne répondit pas et grimpa au volant sans aucun regard pour l'adolescent.

Arrivé en ville, le forestier se rendit au poste du Shérif pour ramener le chiot. Comme il le présageait, personne n'avait réclamé d'animal. Gabriel regagna le trottoir où il avait laissé son 4X4.

Le chiot le gratifia d'un air abattu à travers la vitre légèrement baissée.

— Qu'as-tu à me regarder comme ça ? Ça va ! On fera équipe, mais uniquement si tu bosses, je veux pas de fainéant chez moi. Faudra que tu mérites ta pitance.

Le chiot jappa joyeusement.

En passant devant Chez Georges, Gabriel remarqua une pancarte qui annonçait une soirée spécial base-ball le soir même. Plutôt que de retourner chez le shérif, il alla chez Nancy. Il pensait pouvoir y glaner plus d'informations qu'ailleurs.

Il dégusta un chocolat chaud depuis cinq minutes. Nancy s'approcha.

— Paraît-il qu'un gosse se serait échappé d'un orphelinat de la ville. Pauvre petit, va savoir où il est maintenant. Vous avez des enfants vous ?

— Non.

Nancy, embarrassée, fit mine d'aller s'occuper d'un autre client.

— J'sers pas d'alcool avant midi Léon ! Tu le sais. Je veux pas d'une ville d'ivrognes moi ! Reviens après manger et tu l'auras ton cognac. J'te l'offre même aujourd'hui si tu veux. Mais, sacré non, arrête de me harceler le matin avec ton cognac !

Gabriel ne put réprimer un léger sourire et saisit quelques pièces dans l'une de ses poches. Il les déposa sur le comptoir sans attendre la monnaie.

— On marque pas sur l'ardoise ?

— Pas aujourd'hui Nancy, gardez la monnaie ! Salut !

— Beau et généreux avec ça ! Ah ! Ah !

— Bonne journée Nancy.

En sortant, Gabriel fit un détour par les bureaux du shérif. Aucun avis de disparition n'était affiché dans le hall, ni même ailleurs. Un coup d'œil au journal local lui confirma ce que venait de raconter Nancy. Un adolescent de quatorze ans avait fugué depuis huit jours d'un orphelinat et les recherches étaient vaines à ce jour. Gabriel froissa le journal qu'il expédia d'un geste rageur sur le siège passager du 4x4 et démarra en trombe.

Les pneus du 4X4 crissèrent sur le chemin de terre. Éliot, se précipita vers lui, tout sourire, une canne à pêche à la main avec au bout de la ligne une belle truite de vingt centimètres.
— T'as vu !
Gabriel lui mit le journal sous le nez.
— J'ai vu ! Il rentra au chalet.

Dans l'embrasure de la porte, Éliot observait Gabriel d'un air inquiet.
— Tu vas me dénoncé ?
— Charrie pas, t'est pas un criminel mais t'aurais pu m'en toucher un mot avant que je tombe là-dessus. Évidemment que je vais être obligé de leur dire. Que veux-tu que je fasse d'autre ?
— J'veux pas y retourner. Ras le bol de ce trou à rats. C'est pas à mon âge que quelqu'un va m'adopter. J'suis pas con. J'ai donné à l'orphelinat depuis sept ans…
Gabriel prétexta avoir à faire à la cuisine. Appuyé à l'évier des deux mains. Il revint au salon au bout de cinq minutes.
— Bon. Tu comprends bien qu'il faut qu'ils sachent où tu es ?
Le gamin voulu s'interposer. Gabriel lui imposa silence d'un geste de la main.
— ALORS ! Alors. Je vais essayé de faire en sorte que tu restes ici pour l'été si tu veux, le temps que tu réfléchisses à ce que tu veux faire.
Éliot eut un sourire éclatant.

— T'emballes pas quand même, c'est pas gagné. Et puis, j'ai bien dit pour l'été. Après tu devras sortir de ma vie. OK ?

— Ça marche. Merci.

— Tu me remercieras plus tard. Bon, elle est où cette truite ?

En fin de journée, Gabriel alla raconter sa rencontre avec Éliot au shérif Brody. Une secrétaire l'aida à remplir les démarches nécessaires pour clarifier la situation. Enfin, l'orphelinat consentit à rédiger une autorisation écrite et formelle à l'attention de Gabriel. Mention fut faite, que Éliot devrait réintégrer l'orphelinat le quinze septembre au plus tard de gré ou de force.

Gabriel repartit papiers officiels en poche tout en se demandant s'il avait bien agit. Il était trop tard pour changer d'avis. Il avait promis à Éliot de l'aider et ne reviendrait pas là-dessus.

DEUXIEME PARTIE

Juin 2007, soir du loto chez Georges.

— Hé Gab ! Tu roupilles ou quoi ? Grégory bouscula du coude son ami. Le loto est fini mon vieux et comme d'hab, on n'a rien gagné.

— Je te dépose chez toi ?

— Non, je te remercie, je vais rentrer à pied, ça me réveillera. Je me suis calé quatre bières et je suis pas clair.

— Comme tu veux.

— Le moins qu'on puisse dire, c'est que t'as été absent.

— Les lotos, c'est pas trop mon truc…

— Faudra que tu m'expliques ce que c'est ton trip. Allez ! À bientôt Gabriel. Bonne nuit.

— Salut Grégory, salut Léo.

— Salut les gars.

Léo partit dans la direction opposée à celle de Grégory.

Début juillet, les touristes avaient envahi la vallée. Townlake s'était transformée en une véritable fourmilière. Le calme habituel appartenait désormais au passé et ne reviendrait pas avant deux long mois, pendant lesquels les commerçants travailleraient sept jours sur sept, très tôt le matin à tard le soir. Ce n'était pas la saison préférée des autochtones mais ils reconnaissaient sa nécessité à leur économie.

Aujourd'hui, c'était la course de kayaks sur le lac. Des bouées avaient été installées à la surface de l'eau délimitant le parcours de deux kilomètres aller-retour. Certains candidats étaient des habitués du coin et faisaient la course chaque année s'entraînant dès le mois de mai. Venaient s'y mêler les vacanciers friands de ce genre de compétition. La commune fournissait aux participants casquettes et tee-shirts rouge vif imprimés du logo de la ville.

Pour la circonstance, le personnel des services techniques communaux montaient des stands où l'on pouvait acheter toutes sortes d'objets artisanaux locaux.

Ce jour-là, les enfants avaient le droit de vendre des petits objets confectionnés par leurs soins. Un peu d'argent de poche que la plupart du temps, ils dépensaient dans la journée même, en bonbons et autres gourmandises, comme des adultes en herbe. Quant à ces derniers, bons nombres d'entre eux auraient voulu, à l'inverse, pouvoir être à la place de leurs mômes et courir à travers la foule en s'arrosant à coup de pistolet à eau. Ils compensaient en se jetant sur les sucreries : pommes d'amour, crêpes, churros, hot-dog, frites, pralines, barbes à papa. Tout ce que fuyaient les femmes avant l'été pour se pavaner en maillot, elles le mangeaient en une seule journée. Prises dans le gai tourbillon de la manifestation, elles ne réaliseraient que le lendemain avoir consommé trois fois plus de calories qu'elles auraient dû. La journée qui suivrait, elles se priveraient en bavant devant leur mari qui se taperait une entrecôte au beurre pendant qu'elles picoreraient une salade arrosée d'un jus de citron, le tout accompagné de trois radis avec comme suprême dessert, un yaourt nature O% !

Au bord de l'eau, les kayaks de couleurs différentes et numérotés étaient amarrés. Deux personnes enregistraient les noms des participants et leur attribuaient un dossard. Des juges furent postés dans des barques sur l'eau aux endroits stratégiques pour surveiller le bon déroulement de la course.

Le maire arborait son écharpe drapeau en travers de la poitrine qui lui conférait un air provincial. Cela donnait un côté officiel à cet épisode estival. C'est lui qui remettait le trophée au gagnant chaque année et il paradait dans l'un de ses plus beaux costards. Sa femme le lui sortait du placard les jours de grandes occasions, celles-ci regroupant aussi bien les fêtes que les enterrements. Son mari avait voulu s'en offrir un second car les gens allaient finir par jaser, ce qui du reste, était déjà chose faite. C'était compter sans la mesquinerie de son épouse.

Le maire avait alors demandé à Grégory, s'il ne pouvait pas trafiquer les photos en changeant la couleur de ses vêtements croyant ainsi bluffer les lecteurs du journal. Grégory s'était vu contraint de lui avouer qu'il ne pouvait malheureusement rien pour lui.

Grégory était, bien sûr, présent aujourd'hui. Il se baladait à travers la foule, appareil photo en bandoulière traînant Léo dans son sillage.

Léo rédigeait une grosse partie du journal local. Ses compétences allant de la manifestation sportive à l'incendie de forêt en passant par la rubrique nécrologique. Rubrique très lue dans la petite contrée. Sûrement parce que tout le monde se connaissait de plus ou moins loin et que chacun, même s'il n'était pas un proche, aimait à épauler ses concitoyens dans les moments difficiles. C'est ce qui faisait la force de Townlake et son âme, chacun était solidaire de l'autre en toute circonstance. Ce qui n'empêchait pas parfois quelques différends entre vieux paysans du coin à propos d'une pomme ou d'une poire qui aurait été ramassée chez le voisin sans autorisation.

Gabriel se fraya un chemin à travers la foule. Apercevant Grégory, il luit fit un signe de la main. La semaine précédente, ils avaient planté des poteaux d'avertissement et d'information à l'intention des promeneurs pour la protection et le respect de la nature.

— Si tu prends une photo de moi, t'es mort !

— Quand je pense que tu prives toutes les femmes du coin de ta belle gueule dans le journal ! Je suis sûr que ça ferait augmenter le tirage ! T'as sorti la tenue officielle aujourd'hui.

— ET OUI ! Soupir. Il faut bien que je me fasse connaître des touristes. Après tout, c'est sur moi qu'ils risquent de tomber dans les bois pour les verbaliser s'ils ne respectent pas les consignes indiquées sur les panneaux que NOUS avons installés.

— Ouais, je te le fais pas dire. Cela faisait des années que je n'avais pas fait de sport autre que celui de soulever mon appareil photo, j'en ressens encore des courbatures. La prochaine fois, fais moi penser à te dire que je pars au Canada !

— Où est le petit ?

— Il s'est fait copain, Alex. Ils sont partis en camping tous les deux en montagne.

— Et Le Chien ?

— T'es fou ! Je l'ai laissé à la maison. Il aurait suivi à la nage les kayaks et aurait sûrement gagné la course. Je tiens pas à me faire remarquer. Il commence à être costaud le monstre. J'envisage de lui construire un traîneau pour cet hiver.

Une voix retentit dans les haut-parleurs demandant aux concurrents de prendre place dans leur embarcation.

Grégory prit congé et alla se poster.

Deux minutes plus tard, la détonation d'un revolver donnait le coup d'envoi. Les candidats plongeaient leur pagaie énergiquement, la foule s'agitait, criait, brandissait casquettes et chapeaux tout le long de la rive. Le parcours prévoyait un éloignement des berges et les gens se dispersèrent dans un brouhaha de pronostics en attendant le retour des héros du jour.

Une jeune femme d'environ vingt-cinq ans accosta Gabriel. Le short court, la poitrine moulée dans un débardeur appartenant sûrement à sa frangine cadette. Visage doux, sourire amical sans être aguichant.

— Bonjour. Je m'appelle Sofia.

— Bonjour. Gabriel. Le ton n'avait rien d'engageant. Il lui jeta à peine un œil et fit mine de s'intéresser à ce qui se passait autour de lui.

— Vous ne participez pas à la course ?

— Non. Je devrais ?

— Ce n'est pas ce que je voulais dire. Mais étant désormais une figure de Townlake, je pensais que vous y participeriez…

— Oui. Le problème c'est que je ne me considère pas comme une figure. Je ne suis d'ailleurs ici que par obligation professionnelle et non pour mon propre plaisir si vous voulez tout savoir.

— Désolée. La fille rougit un peu. Je voulais simplement faire votre connaissance.

— Hé bien, c'est fait. Déçue ?

— Pas vraiment.

— Vous m'excuserez mais je dois partir. Au revoir. Il souleva son stetson pour la saluer, sourit, de toute évidence de politesse.

Cette intrusion l'avait agacé et il ressentait subitement un malaise au milieu de cette foule.

La route défilait. Gabriel conduisait tel un automate tout en ressassant les derniers événements et ceux relatés par Grégory.

Tout lui paraissait si invraisemblable. Son esprit s'embrouillait dans de multiples suppositions.

Arrivé chez lui, il franchit la porte du chalet pensif à pas lents, alla se chercher une bière au réfrigérateur et s'assied lourdement sur une chaise sa boisson à la main qu'il se mit à siroter.

Une demie heure était passée quand il entendit un bruit derrière la porte comme un petit coup frappé. Il jeta un coup d'œil circulaire dans le chalet, se leva, se dirigea vers la porte hésitant, puis l'ouvrit d'un geste sec.

Sur le seuil, se trouvait un petit avion téléguidé, modèle année 1900. Il s'en empara et tout en le retournant dans ses mains descendit quelques marches du perron. Mais un malaise l'envahit progressivement ; un silence anormal régnait et une étreinte lui oppressa la poitrine. Il recula doucement au chalet en marche arrière et ferma à clé. Son instinct lui soufflait un danger imminent. À moins que ce ne soit son imagination après avoir entendu ces histoires d'agression.

Un autre coup fut donné à la porte suivi d'un bruit de caillou tombant sur les planches. Gabriel empoigna la table en bois, la plaça contre l'entrée puis courut au pied du lit pour prendre son bâton de marche et le brandit au-dessus de sa tête. Son pouls s'affolait. Il respirait profondément essayant de se calmer. Il sentit ses jambes faiblir et frissonner, comme prises de vertige.

Deux minutes interminables s'écoulèrent. Il commençait à se demander si ses nerfs ne lui jouaient pas des tours. Deux autres minutes passèrent sans que rien ne se produisit. Un chien jappa dehors. Gabriel poussa un soupir de soulagement.

Il retira la table et fit quelques mètres dans l'herbe, la garde baissée, le pas assuré.

Subitement tout défila très vite ; en une fraction de seconde, Gabriel comprit qu'il venait de se donner en pâture, il balança un regard circulaire à la clairière en essayant de garder un air désinvolte, se dirigea vers la forêt pour trouver refuge derrière les arbres. Maintenant, il était trop tard pour retourner sur la maison, ON devaient l'attendre là-bas.

Il marcha doucement puis parcourut les derniers mètres en courant hors d'haleine et se dissimula derrière un sapin quand une flèche vint se planter dans l'écorce de celui-ci à l'endroit précis où il avait plongé.

— Il me chasse comme une bête !

Que faire pour détourner l'attention de ses ennemis ?

Il fouilla ses poches et trouva le sifflet qu'il emportait toujours en randonnée.

L'affolement le gagna. Non, il devait reprendre son sang-froid. Il frissonna d'horreur à la pensée que la flèche aurait pu l'atteindre à un bras ou une jambe.

Il n'avait plus aucune chance d'échapper à son traqueur. L'autre savait maintenant derrière quel arbre il se cachait, ce n'était qu'une question de secondes. Pourquoi attendait-il aussi longtemps pour lui fondre dessus ?

Peut-être voulait-il simplement lui donner un avertissement pour qu'il ne se mêle plus à ses affaires. Mais quelles affaires ? Une des trois ? La dernière dont il a été témoin dans la forêt ? À moins, que cela n'en soit qu'une seule et même ?

Toutes ces questions fusaient à deux cent à l'heure dans l'esprit de Gabriel. Puis, il se rappela avoir lâché le petit avion dans sa course vers la forêt. L'hydravion n'était plus là et pourtant, il était sûr de n'avoir vu personne le prendre.

Il risqua un œil, et aperçut un type cagoulé assis sur un tronc d'arbre. Un bip se fit entendre. L'homme répondit à un talkie-walkie. Gabriel, trop éloigné n'entendit pas distinctement. Le gars se redressa, coupa la communication. L'homme fila à grands pas vers le chemin qui menait à Townlake. Ce type devait être vraiment cinglé. Gabriel le regarda s'éloigner. Il resta longtemps tapi. Puis il devint évident qu'il était à nouveau seul.

13

Le lendemain, Gabriel passa voir Grégory directement chez lui au lieu de le retrouver comme d'habitude chez Nancy.

L'appartement de Grégory était en désordre. Ce dernier fit un peu de place à Gabriel en dégageant le sofa d'une quantité de magazines divers en les jetant sur le tapis.

— Je reviens. Whisky ?

— Léger alors. Suis pas habitué le matin.

Gabriel laissa traîner son regard dans la pièce qui ne présentait rien de particulier. Il arpentait l'appartement lentement. Des bruits de verres entrechoqués provenaient de la cuisine.

Gabriel fut étonné de constater qu'aucune décoration n'ornait les murs hormis une seule photo. Il s'en approcha intrigué et la regarda de près. Sur la photo figuraient deux enfants aux côtés d'un homme. Ils posaient devant un avion privé biplace. La photographie, en noir et blanc, un peu jaunie par le temps, semblait avoir été pliée pendant longtemps avant d'avoir été mise sous verre.

Grégory revint deux verres en main. Gabriel prit un air distrait et ne dit mot sur la photographie.

— Tiens. Goûte-moi ce chef-d'œuvre.

Après quelques gorgées bues dans un silence religieux :

— Pas mal.

— Ouais, hein.

— T'as toujours bossé pour S.E.A. ?

— Non.

— T'as fais quoi alors avant ?

— J'étais guide de montagne.

— Pourquoi t'as changé ? Ça te plaisait plus ?

— J'ai eu un accident.

— Oh…Grave ? Tu t'es fracassé ?

— Non. Silence. Moi, j'ai rien eu.

— Ah ? Qu'est-ce qui s'est passé alors si t'as rien eu ?

— La personne qui m'accompagnait est morte.

— Oh…Dur… Mais…c'était peut-être pas dû à toi. Pourquoi avoir arrêté après ça ? C'est dur, mais cela fait partie de la vie des guides de montagne. On entend souvent dire que c'est la faute même du client qui s'entête et que c'est comme ça qu'arrivent les accidents.

Un instant, Gabriel sembla ne plus entendre Grégory, perdu dans ses souvenirs.

— Nous étions partis très tôt ce jour-là. Le temps s'annonçait très beau. L'ascension s'était très bien passée. Je n'avais pas pris moi-même la météo le matin, lui faisant confiance. Pourquoi faire une deuxième fois quelque chose qui a déjà été fait ? Nous amorcions la descente quand le temps a viré. Je ne comprenais pas, la météo avait annoncé du beau. Il a fallu forcer l'allure.

Pour moi, cela allait, mais pour quelqu'un qui n'a que quelques ascensions derrière soi, c'était un peu trop. Mais, nous n'avions pas le choix. J'avais hâte surtout d'arriver au plateau situé deux cent mètres plus bas car je savais que là où nous étions, nous risquions l'avalanche à tout instant. Il fallait absolument arriver au moins à ce plateau où nous serions en sécurité.

Par malheur, son allure trop lente ne nous a pas permis d'y arriver à temps. Une plaque de neige s'est détachée. Je l'ai entendue, cent mètres au-dessus de nous, bouger. Nous nous étions encordés. J'avais aperçu à une trentaine de mètres un petit pic rocheux. Je lui ai crié de courir en partant devant. Mais va courir dans la neige toi avec une avalanche au cul… J'ai atteint le pic rocheux mais à ce moment-là, j'ai senti la corde se tendre. J'ai compris que l'autre avait trébuché et j'ai aussitôt tiré de toutes mes forces sur la corde pour ramener la personne jusqu'à moi mais la neige a fait obstacle…

L'avalanche a passé. J'ai mis cinq bonnes minutes à immerger des deux mètres de neige qui me recouvraient. J'avais un bon entraînement pour ça. J'ai encore mis dix minutes à suivre la trace de ma corde. Tout ça pour trouver un cadavre au bout. Il n'y avait plus de pouls, j'ai essayé un massage cardiaque. Mes efforts ont été vains. Le souffle de la neige avait glacé ses poumons. Le médecin m'a dit qu'on mourrait sur le coup dans ce cas là.

Gabriel avait vraisemblablement terminé son récit. Grégory n'osait pas reprendre la parole le premier.

— Le soir même, j'ai vérifié le bulletin météo. Celle-ci annonçait bien du beau pour le massif des Armores mais pas pour celui des Armarines. Quelle ironie n'est-ce pas ? Sa mort n'avait tenu qu'à la ressemblance des noms de ces deux massifs. J'avais beau être guide, je n'ai rien pu faire pour la sauver. Elle s'appelait Elsa. Et c'était pas une cliente.

Gabriel esquissa un sourire et se leva pour prendre congé :

— Bon, je ne vais pas m'attarder. J'ai pas mal de trucs à faire demain. Merci pour le whisky,

— Je ramène tout ça à la cuisine et je te raccompagne, dit Grégory plutôt soulagé de n'avoir pas à continuer la conversation.

Gabriel l'attendait patiemment quand il remua d'une main distraite les magazines posés à ses pieds en attendant son ami. Parmi eux, il y en avait un sur le modélisme. Il se redressa intéressé, fixa un peu mieux le journal.

— Bon je t'appelle pour la pêche ? dit Grégory ressurgissant.

— OK. Salut Grégory et encore merci pour le whisky.

Ils se serrèrent chaleureusement la main.

14

Gabriel conduisait. Ses pensées étaient totalement rivées au magazine. Grégory ne lui avait jamais parlé de sa passion pour le modélisme. À moins que cela eut été une lecture purement professionnelle ayant attrait à un sujet qu'il aurait couvert récemment ? De quand datait le magazine ?

Depuis un an, Gabriel ne recevait son courrier professionnel que par mail. Les courriers privés ne faisaient plus partie de sa vie. Toutefois, Gabriel se dit qu'il était temps d'oublier le passé et d'essayer de revivre autre chose. Il n'oublierait pas, mais l'année qu'il venait de passer à Townlake, ajouté au fait de passer proche de la mort la veille, venait de lui faire prendre conscience qu'il était temps de se réveiller et de vivre au présent et non toujours avec ses démons.

Aussi, le lendemain matin, Gabriel s'enquit de réparer sa boîte à lettre aux abords de la route que quelques gamins avaient dégommée à coup de bâton.Il emporta dans son 4/4 des planches, des clous, deux charnières, fourra le tout dans une caisse sur le siège passager, puis roula jusqu'à la route de Townlake.

Il faisait chaud et Gabriel ôta son tee-shirt laissant apparaître ses pectoraux et ses abdominaux musclés.

Un petit 4x4 arriva au loin. La conductrice était la fille qui l'avait abordé lors de la course de kayaks. Elle coupa le moteur et sauta hors de son véhicule à la hauteur de Gabriel qui continuait son bricolage. Il enfila à la hâte son tee-shirt déposé dans l'herbe tout en s'épongeant le front du revers du poignet gauche avant de remettre son stetson. Sur le moment, il ne la reconnut pas. Elle portait une chemisette jaune pâle sur un pantalon de couleur beige et des bottes de cheval, cheveux relevés en queue de cheval sous une casquette de même teinte que le pantalon, aucun maquillage. Elle lui adressa un simple bonjour auquel il répondit en la dévisageant.

— On s'est vus lors de la course sur le lac.

— Oh…Je ne vous avais pas reconnue. Vous êtes… différente de la dernière fois. Je veux dire, les vêtements.

— Oui. Un pari avec des copines qui me charrient toujours pour mon accoutrement masculin. Stupide pari d'ailleurs.

— Vous faites du cheval ?

— J'ai un petit ranch. Ça gagne pas des masses mais c'est ma passion. Vous vous plaisez ici ?

— Ça va.

— Vous n'êtes pas bavard.

— …

— Je vous laisse. Les chevaux m'attendent. Si cela vous tente un de ces quatre de faire une balade, passez me voir.

— Je n'ai jamais monté.

— Dans ce cas, je vous ferai faire de l'attelage lors du ramassage du bois pour l'hiver. En principe, on fait ça à la nouvelle lune. Vous n'aurez qu'à consulter le calendrier pour connaître la date et me faire savoir que vous venez la veille. C'est aussi simple que cela !

— Entendu. J'y penserai.

Elle se retourna en marchant rapidement et remonta dans sa voiture. Elle le salua d'une main en démarrant. Gabriel regarda l'arrière du 4x4 s'éloigner.

Éliot débarula en VTT.

— Salut ! Qui c'était ?

— Mon prof d'équitation.

— Tu fais du cheval toi ?

— Non. Mais, on va s'y mettre tous les deux. Tu m'as dit vouloir apprendre un métier. En voilà un qui serait plutôt sympa, non ? S'occuper de chevaux. Dur mais sympa.

— Tu crois ? Ouais, pourquoi pas.

— Faudrait y penser petit si tu veux pas croupir dans ton orphelinat. Je te signale qu'on est déjà mi-août…

— Je sais, je sais.

— Bon. Aide-moi à ranger le matos dans le pick-up. Le Chien doit commencer à trouver le temps long tout seul à la maison.

15

— Trois dollars vingt madame. Merci ! Bonne journée !

— Deux Marlboro et ça pour le petit. La personne choisit une sucette au comptoir du marchand de journaux et tendit un billet à Gary le buraliste.

— Merci monsieur. Bonne journée. Monsieur Beauregard, comment ça va ?

— Je cherche un magazine de modélisme, vous auriez ça ?

— Tout est là-bas, au fond à gauche.

Gabriel se dirigea vers le rayon. Il souleva les magazines qui se superposaient. Gary s'approchait pour l'aider au moment où Gabriel décalait un journal. Son geste se figea. C'était exactement le même qu'il avait vu hier soir chez Grégory. Son visage se crispa.

— Ah ! Vous avez trouvé ?

— J'ai trouvé.

Il replaça le magazine et quitta la librairie vivement en bousculant Gary, sans même dire au revoir.

— Ben, il le prend pas son magazine ?

Gabriel pressa le pas pour se ruer au bureau de police.

— Shérif Brody, s'il vous plaît.

La secrétaire tout sourire :

— Il est occ…

Gabriel n'attendit pas et pénétra brusquement dans l'espace de Brody. Pris de court, le shérif n'eut pas le temps de piper mot.

— Je ne savais pas que votre cousin aimait le modélisme ?

— Quoi ?

— Votre cousin. Grégory. Il aime le modélisme. Figurez-vous qu'un petit avion a frappé à ma porte hier après-midi, à la suite de quoi j'ai failli me faire embrocher par un tordu cagoulé.

— Qu'est-ce que c'est que cette histoire ? Pourquoi n'êtes-vous pas venu me trouver, Et qui vous a dit que Grégory était mon cousin ?

— Lui, bien sûr !

— Mais il n'en est rien !

— Pardon ?

— Grégory n'a jamais été mon cousin. C'est quoi cette histoire ? Il vous a fait marcher c'est tout. Tout en disant cela Brody rassembla quelques photos éparses.

— Qu'est-ce que vous cachez là ? Gabriel se pencha et aperçut furtivement une photo d'animaux en fuite prise d'un hélicoptère. C'est quoi ces photos ?

— Beauregard ! Je crois que vous dépassez les bornes ! Vous êtes dans un commissariat et ces papiers sont confidentiels. Sortez immédiatement !

— OK. Mais sachez qu'à partir d'aujourd'hui, je mène mon enquête. Il tourna les talons. La main sur la poignée de la porte, la voix de Brody le stoppa.

— Faites gaffe Beauregard où vous mettez les pieds.

Gabriel se ravisa, main toujours accrochée à la poignée de porte. Il planta ses yeux dans ceux de Brody.

— J'y compte bien.

Gabriel traversa la rue si vite qu'il ne vit pas arriver une voiture qui pila pour ne pas lui passer sur le corps.

— Ça va pas non ! ?

— Pardon, pardon.

— C'est ça ! Pardon. J'ai juste manqué de t'écrabouiller mon gars.

Le chauffeur fit une grimace désabusée.

Gabriel regagna le trottoir essoufflé pour rejoindre son véhicule.

Il resta un moment au volant sans démarrer pour tenter de remettre de l'ordre dans ses esprits. Puis il roula longtemps avant de s'arrêter au bord du lac et de descendre du 4x4. Il marcha jusqu'aux rochers au bord de l'eau et s'assit sur l'un d'eux.

Ce n'était pas possible, Grégory ne pouvait pas être impliqué dans une histoire pareille.

Pas le Grégory qu'il connaissait et côtoyait si régulièrement depuis un an. De plus, c'est lui qui lui avait raconté les premières histoires de meurtres et autres choses louches. Cela ne tenait pas debout.

Le magazine de modélisme, cette histoire de cousinage avec Brody ? Tous ces détails s'accumulaient mais ne formaient pas un puzzle. Quel rapport pouvait-il y avoir entre tous ? Effectivement, il l'avait cru sur parole Grégory pour cette mascarade de cousinage. Sur le moment, jamais il n'aurait pensé vérifier une telle chose. Pourquoi l'aurait-il fait d'ailleurs ? Les gens ne vérifiaient jamais ce genre d'information. C'était une chose qui avait tellement peu d'importance qu'il l'avait oubliée presque aussitôt. Mais à la lumière de certains faits, cela prenait une toute autre dimension.

Et cette photo au mur chez lui ? La seule chose apparemment ayant une importance pour Grégory. Qui y figuraient et à quelle époque avait-elle été prise ?

Gabriel tentait d'y voir clair tout en tapotant l'eau d'un bâton ramassé à portée de main. Il l'enfonça dans le sable sous l'eau. Il heurta quelque chose de dur. Gabriel mis à jour une boîte de conserve.

— Quand est-ce qu'ils apprendront à respecter la nature ?

Gabriel s'empara du récipient rouillé du bout des doigts. Le papier autour ne s'était pas désagrégé, sûrement protégé par le sable. Une ancienne marque de petits pois qui n'existait plus depuis au moins six ans.

— C'est là que je dois chercher !

Le siège social du journal l'Abysse du Lac se situait dans un ancien théâtre. En y pénétrant, Gabriel se demanda si il y avait eut un jour, un quelconque public pour des représentations théâtrales à Townlake. Depuis qu'il avait emménagé, il n'entendait parler que de courses de canoës, parties de pêche, lotos ou concours de bonhommes de neige et même concours de crêpes mais jamais même les anciens ne parlaient de pièces de théâtre. Pourtant, à en juger par l'imposant fronton sculpté, cela avait dû être un bel édifice autrefois.

À l'intérieur, le côté éclairage feutré avait été conservé. Deux escaliers, l'un sur la droite, l'autre sur la gauche, convergeaient en arc de cercle à l'étage inférieur.

Gabriel n'eut nul besoin de demander son chemin. Des flèches indiquaient les salles accessibles au public en lettres dorées, « conférences », « projection », « archives » ; L'Abysse du lac était non seulement le journal du canton mais faisait aussi office d'archives du patrimoine pour la mairie. Beaucoup de personnes allaient et venaient d'un pas alerte. Gabriel entrevit Léo au loin. Il se dissimula parmi les gens qui traversaient le hall d'entrée et rejoignit l'escalier de droite juste au moment où il entendit Léo :

— Grégory. Qu'est-ce que t'as mis en boîte aujourd'hui ?

Gabriel n'entendit pas la réponse de ce dernier car il se précipita dans les marches pour échapper à leur vue. En bas, toujours sur sa droite, une pancarte sur un battant en chêne sculpté annonçait les archives.

La porte se referma sur lui et occulta aussitôt le brouhaha qui régnait dans les couloirs. La salle silencieuse était sombre. Aucune fenêtre. Seules de petites lampes individuelles vertes installées à chaque table parsemaient ses tâches de lumières. Quelques personnes assises plongées dans leur lecture, la tête penchée. Aucune ne leva la tête.

De petites ampoules au-dessus des rayonnages éclairaient les livres soigneusement rangés sur des étagères recouvrant tous les murs de la pièce. Gabriel réalisa qu'il ne savait pas par où commencer.

— Bonjour. Désirez-vous de l'aide ?

— Que faites-vous ici Sofia ?

— Je viens de vous le dire. Je suis ici pour aider les gens comme vous qui apparemment mettez les pieds dans des archives pour la première fois.

— Je cherche les archives de l'Abysse du lac.

— Alors, au fond à gauche, puis troisième pan sur la droite.

Gabriel la remercia et s'engagea vers l'endroit indiqué. Il ralentit au fond à gauche puis compte trois pans à droite. Il scruta les inscriptions sur les tranches des étagères sur laquelle était indiquée la nature des documents. Les archives débutaient en 1850 et chaque pan mesurait quatre mètres de long. Enfin, il arriva à nos jours. Le nombre de boîtes d'archives à consulter était décourageant.

— Un problème ? Sofia l'avait suivi. Que cherchez-vous au juste ?

— Et bien, j'aimerais lire les articles qui ont été rédigés sur une certaine affaire de, il hésita, martiens.

— Oui, je me rappelle très bien.

Et devant l'air étonné de son interlocuteur :

— Je venais juste de revenir de la ville après mes études, c'est pour cela que je m'en rappelle si bien.

Elle saisit un escabeau non loin d'eux et monta sur la quatrième marche, ses jambes nues sous le regard de Gabriel.

— Voilà, je l'aie. C'était au mois de mars 2003 si je me souviens bien.

Elle déposa la boîte sur la table près d'eux, tira une chaise pour s'asseoir, alluma la lampe verte à leur disposition et étala les documents devant eux. Gabriel s'installa si près d'elle qu'il sentit son parfum et d'un mouvement inconscient, il repoussa légèrement sa chaise pour se reculer. Ils chuchotaient pour ne pas déranger l'assistance.

Au bout d'une demie heure, Gabriel s'impatienta et laissa le soin à Sofia de chercher pour lui. Il promena son regard sur les différents articles de journaux. Début janvier 2005, il y avait même un article sur Nick. Une photo montrant Gabin ému le serrant dans ses bras, illustrait la nouvelle. L'enterrement du doyen de Townlake, fondateur du théâtre. Sûrement la raison pour laquelle il avait eu droit aux médias pour ses dernières heures. La rubrique sport parlait essentiellement de courses de canoës. Gabriel apprit que c'était une tradition vieille de cent ans exclusivement étudiante au départ. Gabriel lisait tout cela distraitement quand il tomba sur un article couvrant un concours d'avions de modélisme. Grégory était en photo et tenait par l'épaule le jeune gagnant. Il tressaillit :

— Qu'y-a-t-il ?

— C'est quoi ça ? il lui désigna la photo.

— Et bien, c'est Grégory, il me semble non ?

— Je veux dire, pourquoi est-il sur la photo ?

— Sûrement, parce qu'il a dû couvrir l'événement. Mais ce n'est pas ce que nous cherchons.

— Non, effectivement. Mais ne cherchez plus, j'ai trouvé. Merci pour votre aide.

Gabriel quitta les lieux pressé. Sofia soupira et rangea les archives.

17

De retour dans la rue, le soleil éblouit Gabriel. Il resta planté un moment sur le trottoir se demandant ce qu'il allait faire.

— Bonjour Monsieur Gabriel !

— Salut Georges.

— Boiriez pas une petite bière ? J'allais juste ouvrir.

— Quelle heure est-il ?

— Pratiquement quatorze heures trente.

— OK, je vous accompagne Georges.

Arrivés devant le bar, Georges s'accroupit pour ouvrir le cadenas de la grille de la porte d'entrée, se redressa et écarta les deux battants de la grille de sécurité des deux bras, puis il déverrouilla la porte vitrée.

— Entrez, entrez.

Gabriel lui emboîta le pas.

— Deux minutes et je suis à vous.

Gabriel choisit un tabouret au bar et attendit les mains jointes sur le comptoir. Georges s'affairait à l'extérieur pour ouvrir les volets de la vieille bâtisse.

— On a un petit moment à nous, les clients n'arrivent toujours que vers quinze heures. Qu'est-ce que je vous sers ?

— Allons-y pour une pression.

— Ça roule !

Le barman remplit à la tireuse un grand verre de bière mousseuse.

— Offert par la maison !

— Merci Georges. Quoi de neuf ?

— Oh c'est encore calme. Pas tous arrivés. Quéques péquenots viennent boire un coup mais vont surtout chez Nancy. Ma clientèle c'est les jeunes qui se paient un coca.

— C'est quand déjà le concours de modélisme ?

— Hein ?

— …

— Qué concours de modélisme ? Y a belle lurette que c'est fini. Ça a duré trois ans puis les jeunes ils se sont tournés vers autre chose. Savez ce que c'est… Y a que notre course de canoës qui tient le coup.

Gabriel rit :

— C'est vrai.

— Z'êtes pas causant vous quand même !

— Vous trouvez ?

— Ben oui. Mais ne le prenez pas mal hein !

— Non, ne vous inquiétez pas Georges. Gabriel sourit. Je vais vous laisser bosser. Merci encore pour la mousse et bonne journée.

La sortie atteinte, Gabriel se ravisa :

— Au fait, qui a gagné le dernier concours de modélisme il y a cinq ans ?

— Le petit Laserge. Il est parti en ville maintenant faire ses études. D'ingénieur je crois.

— Mmm…

— Ouais… Enfin ne le répétez pas. En fait c'est Grégory qui gagnait toujours mais à la dernière épreuve il faisait exprès de perdre pour laisser gagner les gosses. Tout Grégory ça.

— Je l'aurai parié.

— Ben oui, c'est une pâte ce type, jamais d'histoire. Même pas de gonzesse d'ailleurs quand j'y pense. Même vous, il vous a tout de suite adopté.

— Pour sûr…

— Hé motus…

— Pas de problème Georges. Motus.

Depuis deux jours Gabriel était au chalet. Le temps s'était arrêté et ses pensées tournaient à l'obsession. Le téléphone avait sonné à plusieurs reprises. Il n'avait pas décroché. Les messages s'accumulaient.

—   Hé Gab, qu'est-ce tu fiches ? Ça fait deux jours qu'on t'a pas vu en ville. Je te rappelle qu'on a une partie de pêche. Rappelle-moi, la pleine lune c'est pour après-demain. Salut.

Bip, bip.

— Beauregard. Brody à l'appareil. Rappelez-moi.

Bip, bip.

— C'est encore moi. Bon, c'est même plus drôle là. Allez à plus. C'était encore Grégory.

Bip, fin des messages.

Gabriel restait pensif. La sonnerie de son mobile le tira de sa léthargie.

—Ah quand même ! Monsieur daigne décrocher !

— J'étais un peu souffrant…

— On peut remettre si tu veux.

— Non, non c'est bon. Ça va beaucoup mieux. Juste un peu barbouillé.

— OK, bon je passe te prendre demain à vingt-deux heures ?

— Comme prévu.

— Tu t'occupes du casse-croûte ?

— Si tu veux.

— Pour le matos t'as tout ce qu'il faut ?

— Sauf la barque.

Grégory rit.

— Je te préviens, c'est pas le Queen Mary. Allez à demain.

— Salut Grégory.

La main posée sur le combiné, Gabriel hésitait entre prudence et témérité. Il oublia de rappeler Brody.

Le ponton du lac, l'eau clapotait. Un galet rebondit quatre fois sur l'onde pour y plonger en émettant un plouf étouffé. Faire des ricochets lui rappelait son enfance. Il parcourrait les plages avec son père à la nuit tombée où les vagues se faisaient petites et caressantes. Le ressac faisait s'entrechoquer les galets.

Ici, plus de cailloux ronds. Seul le bruit de l'eau heurtant le bois du ponton. De temps en temps, un clapotis discret trahissait un poisson gobant un insecte. Une légère brise frisait la surface du lac aux reflets argentés et la pleine lune projetait son halo de lumière sur les ombres alentours. Une chouette hulula.

Gabriel entendit le ronron du 4x4 de Grégory approcher. Enfouissant les mains dans son blouson, il tâta le bois du manche de son opinel espérant ne pas avoir à s'en servir. Souhaitant surtout se tromper. Il saisit un panier et sa cane à pêche et se dirigea vers la lumière des phares.

Grégory descendit du véhicule, laissant le moteur en marche. D'une franche poignée de main, il salua Gabriel.

— À la lumière de la lune, t'as bonne mine pour un malade.

— …

— Y a du café dans la thermos si tu veux.

— Volontiers.

Gabriel s'efforça de paraître naturel durant le trajet.

— C'est là.

— C'est la plage du départ de la course de canoës…

— Ben oui. Et alors ?

— Oh rien rien.

— T'es bizarre toi en ce moment.

Grégory coupa le moteur, déchargea le matériel de la benne arrière du pick-up.

Ils abordèrent une petite barque bleue et blanche quand Grégory se souvint de quelque chose.

— Je reviens.

Il fit un rapide aller retour au pick-up. Gabriel se demanda ce qu'il avait pu aller faire.

Ils embarquèrent chacun d'un côté pour répartir le poids. Grégory s'empara des rames et détacha la corde du ponton. Il commença à ramer et bientôt ils ne virent même plus le 4x4 au loin. Seul le bruit des rames plongeaient dans l'eau au rythme de leur avancée.

— On ne voit plus le rivage, dis donc.

— T'inquiète, j'ai l'habitude. Détends-toi, fais pas cette mine ! J'ai une boussole dans la tête.

— J'aimerais te croire.

— Te fais pas de bile, j'te dis. Tiens, prends les rames deux secondes, on va se boire un coup.

Gabriel s'exécuta gauchement. Grégory se pencha au fond de la barque et Gabriel en profita pour regarder le cou de Grégory dont la chemise était entrouverte. Pas de chaîne. Cependant, il restait sur ses gardes. Il était peut-être en compagnie d'un assassin au beau milieu d'un lac en pleine nuit. Il réalisa qu'il n'avait dit à personne où il était. Le crime serait on ne peut plus parfait. Gabriel réprima un frisson à la seule pensée du contact de l'eau froide, malgré la saison. Étant solitaire, personne ne s'étonnerait qu'il soit aller se promener seul une nuit de pleine lune.

Deux heures s'écoulèrent. Ils attrapèrent quelques poissons tout en faisant un gueuleton. Vers trois heures du matin, ils décidèrent de rentrer.

En effet, Grégory retrouva sans peine le rivage et quand Gabriel aperçut la silhouette du 4x4, il fut soulagé. Ils accostèrent et déchargèrent.

Grégory ouvrit la benne du tout terrain pour y déposer leurs affaires. Gabriel voyant la montre de Grégory dans une basket de ce dernier tendit la main pour saisir le bijou.

— C'est quoi comme marque ta mont...

Grégory l'intercepta brusquement par le poignet et s'empara vivement de sa montre bracelet.

— Hep là ! Bijou de famille, dit-il en la brandissant avec un large sourire et il se la passa rapidement au poignet droit.

Gabriel rit jaune et remarqua qu'il portait sa montre à droite alors que Grégory était droitier.

— Alors, ça t'a plu ce nocturne ?

— Oui, pas mal mais j'aime mieux avoir les pieds sur terre.

20

Le surlendemain, Gabriel se souvint de l'appel de Brody. Il décida d'aller le voir directement à son bureau.

Townlake bouillonnait d'activité.

La secrétaire répondit d'un signe de tête affirmatif à Gabriel lorsque ce dernier lui dit qu'il venait voir Brody. Elle prévint son chef d'un coup d'interphone au moment où Beauregard pénétrait dans le bureau du Shérif. Ce dernier remercia sa collaboratrice en jetant un regard de reproche à l'intrus.

— Toujours aussi direct, Beauregard !

— Il y a des urgences parfois.

— M'oui…

— Que vouliez-vous me dire ?

— Vous êtes long à la détente. Cela fait déjà deux jours que je vous ai appelé.

— J'étais très occupé…

— En effet. À faire mon boulot semble-t-il ? Vous avez déjà échappé à un assassinat, cela ne vous suffit pas Beauregard ? Je n'ai pas envie d'avoir un cadavre de plus sur les bras.

— Apparemment les sous-sols de Townlake en regorgent sous son joli petit parterre fleuri.

— Pas de plaisanterie macabre je vous prie.

— Si vous m'en disiez plus au sujet de tout cela ?

— Cela ne vous regarde en rien, je vous le répète. Et pour la dernière fois, cessez de vous mêler de cela. Faites votre métier et laissez-moi faire le mien. Vous en savez déjà beaucoup trop et vous vous mettez en danger et par-là même vous me compliquez la tâche.

— Quatre ans pour résoudre une énigme, c'est pas un peu long ?

—DEHORS !

— Je serais curieux de savoir où vous en êtes. Car moi, je brûle.

— JE VOUS AI DIS, DEHORS !

Gabriel sortit du bureau en claquant la porte sous le regard stupéfait de la secrétaire.

21

Gabriel était au chalet, assis devant son ordinateur occupé à envoyer des mails pour son travail tout en écoutant la radio. Il avait du mal à se concentrer après son altercation un peu houleuse avec le Shérif. Les tâches administratives auxquelles il était obligé de se soumettre lui paraissaient encore plus rébarbatives qu'à l'habitude. Il devait rédiger un rapport sur l'effectif de la harde de wapitis peuplant les hauteurs de Townlake. Les mots avaient du mal à venir et ses doigts restaient en suspens au-dessus du clavier de l'ordinateur.

Au moment où il amorçait un mouvement en se levant de sa chaise pour aller se préparer un café, un bruit sourd et violent se fit entendre derrière la porte d'entrée. Il sursauta et dans un mouvement instinctif se précipita dans le coin du chalet où se trouvaient les outils pour saisir d'une main ferme une massue. Il maintint sa main proche de la partie en fer usée par les coups donnés. Son pouls s'accélérait. Toutefois, il parvenait encore à garder son sang-froid. Il rampa vers la porte.

D'un bras, il éleva la massue au-dessus de sa tête, prêt à frapper. Le poids de l'outil faisait trembler ses muscles bandés. Il ouvrit d'un geste rapide la porte de sa main libre. Personne. Un bruit de moteur à ses pieds attira son attention. Un avion de modélisme était sur la terrasse du chalet et une flèche était plantée dans la porte. Gabriel la rabattit aussitôt et la verrouilla. Par chance, la clé était dans la serrure.

Gabriel s'était plaqué contre le mur longeant la porte, la respiration saccadée. Il devait réfléchir vite et bien. Son regard balaya la pièce rapidement à la recherche de n'importe quoi pour se défendre.

Le téléphone. Non, le temps que Brody rapplique, il serait mort et les autres se seraient enfuis. Alors qu'il réfléchissait, il entendit l'engin téléguidé décoller. Le bruit de moteur du modèle réduit passa au-dessus le chalet, puis l'avion se posa sur le toit. Gabriel savait que ce type de petit modèle ne pouvait être dirigé à plus de cinq cent mètres, il décida donc de suivre le robot pour essayer d'en repérer le pilote. Il s'accroupit, s'allongea parterre et se tortilla jusqu'à la cuisine à l'arrière du chalet. Il s'y trouvait une échelle extérieure pour se hisser sur le toit. Une fois sorti, il se plaqua contre les rondins du chalet et grimpa en se tenant d'une seule main, dans l'autre la massue.

Le petit avion était à l'arrêt sur le toit. Gabriel s'en rapprocha. Ça y est, il n'était plus qu'à cinquante centimètres. Soudain, l'avion redécolla, s'envola en l'air le nez à la verticale puis piqua vers le sol en décrivant un arc de cercle pour revenir sur la façade du chalet. Un bris de vitre se fit entendre.

Ils m'ont eu, c'était un piège pour rentrer !

Dans sa précipitation, Gabriel se releva pour redescendre au plus vite dans le chalet. Une violente douleur lui transperça la cuisse droite. Il hurla et s'effondra. L'instinct de survie étant plus fort que tout, il tituba tant bien que mal vers l'échelle et tenta de descendre. Sa jambe le faisait horriblement souffrir. Il s'allongea sur le dos pour mieux respirer. Il pensa à l'avion *Que fait-il dans le chalet ? Pourquoi veulent-ils y avoir accès ?*

Au bout de deux ou trois minutes qui lui semblèrent une éternité, il réussit à retrouver son souffle. Il devait absolument redescendre et se mettre à l'abri à l'intérieur. Or, pour cela il fallait qu'il se débarrasse de la flèche plantée dans sa cuisse. Prenant son courage à deux mains, il empoigna celle-ci et tira très fort dessus ne pouvant réprimer un hurlement. Le sang coulait à flots. Il ôta sa ceinture de son pantalon pour un garrot. Il redescendit en endurant les pires souffrances.

La massue...

Cette dernière était restée sur le toit. Il plongea la main droite dans sa poche. Il l'avait bien son Opinel. Il dégaina la lame.

Il entra dans la cuisine du chalet tout doucement. Aucun bruit. Ou plutôt si, un son qu'il connaissait bien : celui des touches du clavier de l'ordinateur. Quelqu'un était en train de pianoter dessus.

Il s'approcha toujours à pas lents en traînant la jambe droite, la sueur au front, retenant son souffle. Il atteignit la porte attenante à la pièce principale et sa première réaction fut de se cacher quand il entrevit la personne assise à son bureau. Il vit surtout la couleur de sa chemise, une chemise familière, une chemise de pilote d'avion, une chemise que portait très souvent Grégory.

Il défonça la porte d'un mouvement surprenant à peine Grégory qui lui offrit un sourire légèrement désolé, comme s'il l'attendait d'une minute à l'autre.

— C'était bien toi alors…

— Désolé. Je veux dire pour la flèche... Fallait que je te stoppe.

— Désolé ? Gabriel ricana en avançant vers Grégory.

— Je peux savoir ce que tu fais sur mon ordinateur ? Apparemment, cela paraît plus que primordial.

Grégory sourit.

— Là, tu m'en demande trop. Le mieux est que tu en saches le moins possible.

— Parce que tu t'imagines que maintenant je vais lâcher le morceau ? Tu me connais mal Grégory.

— Je ne te conseille pas de te dresser contre eux. Ce n'est pas le genre à faire du sentiment.

— Merci, ça je le sais déjà. Mais pourquoi m'avoir épargner alors ? À cause de ma belle gueule ?

— Parce que je leur ai demandé.

Grégory tout en parlant à Gabriel fit une dernière manipulation sur l'ordinateur, puis retira une clé USB de celui-ci. Il la fixa sur le petit avion avec une bande autocollante. Puis, il installa le modèle réduit au centre de la pièce. Un bip résonna. Gabriel regarda l'avion qui décollait, il se précipita dessus mais Grégory l'intercepta.

Cette altercation avait empêché l'avion de prendre correctement son envol qui retomba au sol.

Grégory plus prompt que Gabriel blessé, saisit l'avion et se rua sur la terrasse du chalet pour qu'il puisse s'envoler. L'avion prit son envol en même temps qu'une déflagration vint déchirer les tympans de Gabriel. Grégory s'écroula sur la terrasse dans un cri de douleur emplissant tout l'espace. Gabriel, encore à terre au milieu de la pièce, jeta un regard empli d'effroi vers l'extérieur. Le ronron du moteur de l'avion s'éloigna, puis plus rien. Le silence le plus total.

Parvenant à se lever, il claudiqua secourir Grégory.

— Grégory ! Grégory !

À genoux près de lui, il lui soutint la tête. Du sang coulait de la bouche de Grégory qui esquissa une grimace se voulant être un sourire. Il souleva son poignet droit avec difficulté. Gabriel comprit qu'il voulait lui montrer quelque chose. La montre. Grégory voulait qu'il prenne sa montre. Gabriel la lui retira du poignet et Grégory lui pressa la main par-dessus lui indiquant de la garder précieusement. Gabriel la mit dans sa poche droite.

— Fais gaffe à eux.

Grégory s'éteint dans un dernier souffle.

Gabriel fut gagné par la tristesse alors qu'il pensait être en colère contre Grégory. Ses yeux s'embuèrent mais les larmes n'eurent pas le temps de couler ; une sirène, une voiture de police firent un dérapage devant le chalet et Brody. Trois de ses acolytes en jaillirent armes au poing.

— Beauregard !

Brody abaissa son regard sur Grégory.

— Dommage, c'était un brave gars. Les salauds s'en sont encore tirés avec ce qu'ils voulaient.

Gabriel le regarda avec dépit.

Deux autres voitures de police venaient d'arriver et des hommes s'affairaient autour du corps de Grégory.

L'appartement de Grégory. Un homme entra, s'approcha d'un mur et s'empara de la seule photo présente dans la pièce.

Brody toqua chez Gabriel.

— Je vous attendais. Du café ?

— Non, merci. Votre jambe ?

— En bonne voie. Alors ? Un de plus ?

— Brody lui lança un regard de biais.

— M'ouais.

— Et Grégory dans tout ça ? Il n'avait pourtant pas de plaque sur lui.

— Non. En effet, cela reste un mystère. Au fait, êtes-vous déjà allé chez lui ?

— Non pourquoi ?

— Parce que figurez-vous que lors de l'expertise de sa crèche, nous avons constaté qu'un cadre manquait au mur. Vous auriez pu nous renseigner si vous aviez su de quoi il s'agissait. Mais c'est vrai que Grégory avait la réputation de ne jamais inviter personne chez lui, alors…

Il dit cela en levant et abaissant les deux bras le long du corps en geste d'impuissance.

— Navré de ne pas vous aider davantage.

— Bon, je vous laisse. J'ai tout cela à mettre par écrit pour mon supérieur. Salut Beauregard.

— Au revoir Shérif.

Gabriel assit à la table fourra sa main droite dans sa poche et en extirpa la montre de Grégory. Il la retourna machinalement : des signes mystérieux étaient gravés sur le boîtier.

Gabriel se rendit dans son bureau où il prit une enveloppe brune d'où il retira la photo récupérée chez Grégory. Puis il se rendit dans l'armoire à linge du coin chambre, passa la main sous une pile de pulls et en sortit une montre. La même, copie conforme que celle de Grégory. Sauf que celle-ci lui appartenait depuis son enfance et n'avait pas le boîtier gravé. Il tenait la photo et la montre de Grégory dans la main gauche et la sienne dans la main droite.

— Qui étais-tu ?

Il fourra le tout sous ses pulls et alla dehors humer l'air frais.

Quelques nuages caracolaient, un avion de tourisme passa bizarrement très près du lac. À l'intérieur du chalet, la radio qui était restée allumée diffusait « What a wonderfull world ».

À quelques kilomètres de là, Brody marchait aux côtés d'un gars portant un couvre-chef enfoncé cachant son visage. Ils s'approchaient d'un biplan. L'homme au chapeau grimpa aux commandes de pilotage. Il portait un blouson de cuir marron ainsi que des gants de même matière et couleur. Les deux se serrèrent la main. Le pilote mit en marche l'hélice de l'appareil. L'avion roula sur la piste d'un petit aérodrome et décolla.

Le pilote dézippa son blouson laissant apparaître une chemise à l'effigie des forces aériennes des États-Unis. C'est à ce moment-là que Grégory aperçut Gabriel au-dessous de lui, en bas, près du chalet :

- À bientôt Gab.

Brody regarda l'avion disparaître dans les nuages. Il tira une bouffée de sa cigarette de la main gauche ornée d'une chevalière.

Gabriel se tenait sur le ponton. Le tonnerre gronda. De grosses gouttes s'écrasèrent au sol. Le printemps arrivait. Les arbres tendaient leur ramure pleine de sève renouvelée vers le ciel. Bientôt les bourgeons renaîtraient. L'herbe grillée par le gel ferait place aux pousses attendant leur heure au sein de leur mère nourricière.

La brume s'éleva au-dessus du lac, spectateur intemporel des passions humaines.

TROISIEME PARTIE

Trois semaines s'étaient écoulées après la disparition de Grégory et Gabriel ne s'était rendu à Townlake que deux fois pour faire quelques courses de bouche. Il souhaitait fuir les questions. Plongé dans son travail, il terminait plusieurs dossiers. Il saisit son téléphone pour appeler son supérieur, composa le numéro et bientôt entendit la sonnerie d'attente :

— Secrétariat S.E.A. bonjour.

— Bonjour. Gabriel Beauregard en poste à Townlake, secteur Ouest. Puis-je avoir le responsable s'il vous plaît ?

— Un instant s'il vous plaît.

— ….

— Gabriel ! Comment allez-vous ? Le responsable SOCIÉTÉ ECOLOGIE ANIMAUX enclencha la fonction mains-libres.

— Très bien, merci. J'ai terminé le rapport sur la population forestière. Je le poste cet après-midi. Je pense que vous l'aurez d'ici deux jours.

— Parfait ! Merci. La voix était hésitante.

— Un problème ?

— Non, absolument pas Beauregard. Envoyez-moi ce rapport. C'est juste que j'étais occupé et que je ne vous écoutais que d'une oreille. Excusez-moi.

— Ah. Bonne journée.

— Bonne journée à vous aussi.

— Au revoir.

— Au revoir !

Le responsable SOCIÉTÉ ECOLOGIE ANIMAUX raccrocha et coupa l'interphone. Il leva les yeux sur Grégory debout face à lui.

— Sois prudent.

Grégory tourna les talons sans mot dire.

Gabriel pensif, avait laissé sa main sur le combiné. Après les événements des derniers temps, son objectivité était mise à rude épreuve. Son patron lui avait paru avoir une attitude inhabituelle. Il voyait des suspects partout.

Il se prépara un café quand on frappa à la porte.

— Bonjour, je ne vous dérange pas ? Le visage de Sofia rayonnait au soleil.

— Non je faisais du café. Entrez. Vous en voulez ?

— Je veux bien, merci.

Gabriel disparut en cuisine pendant que Sofia observait le décor. Il s'excusa deux tasses dans une main et le sucrier dans l'autre :

— Je n'ai pas l'habitude de recevoir…

— Asseyez-vous.

— Merci.

Sofia entama la conversation.

— Que vous est-il arrivé ? Vous boitez.

— Je me suis blessé en coupant du bois…

— Ah ?

Gabriel comprit qu'elle n'était pas dupe.

— Je vais à Butte samedi pour trouver deux nouveaux chevaux. Je me demandais si cela vous direz de venir. J'y vais la journée pour faire et reviens tard dans la soirée.

Gabriel prit son temps pour répondre.

Pourquoi pas ? Tant que ma jambe n'est pas guérie, je peux rien faire.

— On partirait quand à quelle heure ?

— Sept heures.

— OK pour samedi sept heures.

— Je conduirai bien sûr, vu l'état de votre jambe.

Sofia restait perplexe. Gabriel ne montrait aucun enthousiasme.

— Bon, je vous laisse. Je vous ai assez dérangé.

Gabriel demeura muet et l'accompagna jusqu'à la terrasse. En lui serrant la main, il lui parla en plantant son regard dans celui de sa visiteuse.

— Vous ne m'avez pas dérangé.

Sofia ébaucha un sourire et garda la main de Gabriel dans la sienne un peu plus que nécessaire avant de se détacher des yeux de l'homme. Elle dévala la volée de marche du chalet pour s'engouffrer dans son 4X4 sans se retourner.

Les pensées voilées par le regain du déhanchement de Sofia, Gabriel s'empara d'un sweat-shirt sur le dossier d'une chaise et des clés du pick-up. Assez végété, il était temps qu'il se reprenne.

28

Le forestier franchit le pas de porte de Chez Georges. Le bourdonnement ambiant s'atténua, des visages se tournèrent, les clients adoptèrent un ton plus bas.

— M'sieur Gabriel ? Comment va ? Georges était égal à lui-même.

— Bien. Merci. Un whisky, s'il vous plaît.

— Pas de problème m'sieur Gabriel. Le barman empoigna une bouteille au-dessus de sa tête, tout en saisissant avec la dextérité de son métier un verre.

— Hop !

Il fit glisser la boisson vers Gabriel non sans l'observer du coin de l'œil, à l'affût de la moindre information. Gabriel le jaugea par-dessus son verre qu'il vida d'un trait et reposa brutalement sur le comptoir en appuyant son regard.

— Je vois que tout continue comme avant ici…

— Vous voulez dire avant que Gré…

— Oui, je veux dire avant que Grégory disparaisse.

Georges se rapprocha du visage de Gabriel.

— Vous savez ce qui lui est arrivé ? On l'a plus vu depuis trois semaines. Comme vous aussi on vous voyez plus, on se disait que peut-être vous étiez au courant…

Gabriel eut un moment d'hésitation.

— Eh ben non. Il pivota sur son tabouret pour faire face à la clientèle :

— Je ne sais pas moi non plus où il est.

Certaines personnes échangèrent des regards inquiets puis se détournèrent pour ne pas affronter leur interlocuteur.

Gabriel n'eut pas envie de s'attarder.

— Salut Georges.

— Au revoir m'sieur Gabriel.

Qu'est-ce que c'était que cette histoire ? Alors comme ça tout le monde croyait que Grégory avait disparu alors qu'il avait constaté lui-même son décès. Gabriel se rendit au Commissariat d'un pas rapide mais n'eut pas à y entrer. Il croisa Brody devant l'entrée sur le trottoir.

— Beauregard ! Cela fait plaisir de vous voir. Comment va votre jambe ?

— Assez de cirque. Je sors de Chez Georges et tout le monde pense que Grégory s'est fait la malle. Qu'est-ce que c'est que ces conneries ?

Brody lui indiqua de le suivre à l'intérieur du Commissariat jusque dans son bureau. Il referma avec précaution la porte.

— Beauregard, il faut me comprendre. Nous sommes dans un bled. Or, ici les vagues font office de raz-de-marée. Je me dois de préserver la population de toute nouvelle pouvant provoquer la panique et le désordre qui seraient catastrophiques pour l'économie de Townlake.

— Donc, vous enterrez les cadavres vite fait bien fait pour que le soleil puisse se lever sur votre petite ville en toute sérénité.

— Vous comprenez vite. C'est agréable d'avoir à faire à quelqu'un comme vous Beauregard et je sais que je peux compter sur votre discrétion.

— Bien sûr, anona Gabriel en scrutant Brody.

— Allez, bientôt tout cela ne sera qu'un mauvais souvenir.

— Des cadavres à tous les coins de rues vous appelez ça, un mauvais souvenir ?

— Faut pas le prendre mal Beauregard, comme je vous expliquais…

— J'ai compris ! N'ayez crainte, personne n'en saura rien. Vous savez, j'ai autre chose à faire que de faire le flic.

Un sourire constipé anima le visage du shérif.

— Je savais qu'on serait d'accord. Il tendit une main sur laquelle Gabriel baissa les yeux sans la toucher.

— Bonne journée Shérif.

En clôturant ainsi leur échange, Gabriel savait qu'il s'assurait quelques jours de répit afin de mener sa propre enquête. Mais auparavant, il devait partir avec Sofia en ville. L'idée de sa compagnie lui faisait des frissons dans les reins et ce n'était pas deux jours de plus qui allaient changer les choses, Grégory étant déjà mort et enterré.

Toutefois, la quête de vérité le tiraillait. Il fallait qu'il sache, qu'il élucide le mystère de la photo et de la montre. Une petite voix intérieure lui murmurait que tout cela n'était pas étranger à son propre parcours. Mais bien des pièces du puzzle manquaient encore.

29

Gabriel préparait son sac de voyage. Une voiture se gara devant le chalet. Un rapide coup d'œil par la fenêtre lui permit de voir qu'il s'agissait de Brody. Il l'accueillit sans se départir de ses occupations. Le pas du policier était chargé d'excuse.

— Je passais. Vous partez ?

— Quelques jours.

— Vous ne m'aimez pas n'est-ce pas ?

Gabriel lui décocha un sombre regard.

— Je ne vous importune pas plus.

- C'est ça, ronchonna Gabriel une fois seul. Comme si j'avais envie de te revoir.

Le 4X4 de Sofia fit un dérapage dans la clairière. L'homme empoigna son bagage, fit un rapide tour de la pièce et verrouilla le chalet.

Sofia patientait adossée au véhicule.

— J'ai croisé Brody sur la piste. J'espère que vous n'avez pas de problème ?

— Non. Rien. Des touristes qui ont fait des dégâts…

— Ah bon.

Elle ouvrit le coffre pour déposer les affaires de son compagnon de route.

Gabriel engagea la conversation sur les chevaux, posant de multiples questions. Cela lui évitait de parler de lui. Après une heure de route, un silence apaisant s'immisça. Celui de deux personnes ayant le même horizon.

Sofia avait le visage détendu et conduisait souplement. Son débardeur vert pomme faisait ressortir le hâlé de sa peau. Gabriel, accoudé à sa vitre latérale, l'observait. Sofia tourna un visage rayonnant vers lui. Les yeux de Gabriel lui répondirent de concert. Ensuite, il se concentra sur la route. Une belle journée s'annonçait.

30

Ils approchèrent de Butte.

— Après mes affaires, si vous voulez, je vous montrerai la ville. J'en connais les moindres recoins. C'est là où j'ai grandi, proposa Sofia.

— Volontiers.

La foire se déroulait sur un immense parking en centre ville. Ils eurent dû mal à se frayer un chemin à travers le flot des voitures. Enfin, ils se parquèrent à deux cent mètres du marché. La jeune femme endossa un petit sac à dos. Quant à Gabriel, il était les mains dans les poches.

Au fur et à mesure qu'ils approchaient des stands, l'excitation gagnait Sofia. On entendait des bêtes meugler, d'autres hennir, des caquètements de poule. Des balles de foin étaient à la disposition des animaux. Les marchands discutaient et des billets passaient de main en main.

Sofia, dans son élément, alla droit au corral des chevaux. Arrivée près d'eux, elle flatta l'encolure de certains, les observa d'un œil expert. Il lui en fallait un à monter et un autre pour l'attelage. Un maquignon l'aborda. Sofia s'adressa à Gabriel :

— Faites un tour pendant que je discute. Ça risque d'être long. On se retrouve max dans une heure au stand des boissons ?

— D'accord.

Gabriel se fondit dans la foule. Il erra au hasard, laissa planer son regard. Son esprit se troubla , peu rôdé à se confronter à tant de monde.

Soudain quelque chose le tira de sa torpeur : la chemise. C'était la chemise de Grégory que portait ce type dont il voyait le torse mais dont le visage était occulté par un homme avec qui il discutait. Un modèle tellement particulier.

C'est bien la même que portait souvent Grégory.

La curiosité le poussa à se rapprocher davantage. Il se faufila parmi les badauds pour découvrir le visage de l'inconnu : il en perdit le souffle ; Grégory !

Ce dernier ne le vit pas à la seconde même mais ne tarda pas à sentir sa présence et leurs yeux se croisèrent. Gabriel ne lut aucune surprise sur le visage de Grégory.

Gabriel était cloué sur place. Il se reprit toutefois et amorça un pas vers son ami. C'est alors que Grégory lui signifia imperceptiblement du bout des lèvres de rester à l'écart, mais Gabriel ne l'entendait pas ainsi. Grégory opéra une volte-face. Gabriel suivit son regard vers deux sbires avançant très vite une main plongée dans l'intérieur de leur veste. Un message s'échangea dans les yeux de Gabriel et Grégory. Ils devaient fuir et se mettre à courir. Grégory s'interposa devant les types aux gueules patibulaires afin de les retarder. Ceux-ci avaient l'air de bien le connaître. Ils discutèrent quelques secondes puis bousculèrent Grégory pour s'élancer après Gabriel.

Le forestier avait profité de la diversion pour se fondre parmi le va et vient incessant de la foire. Il fonça au stand des chevaux récupérer Sofia en pleine discussion. Il ne lui laissa pas le temps de prendre congé et la saisit le poignet :

— Venez vite !

— Quoi ? Que se passe-t-il ?

— Venez, venez. Faut foutre le camp d'ici !

Sofia ne put demander plus d'explication tant Gabriel détalait le plus rapidement qu'il pouvait. Ils s'accroupirent derrière un mur de foin. Gabriel risqua un œil. Leurs poursuivants étaient toujours à ses trousses et les cherchaient.

Sofia, à bout de souffle, n'osait le questionner.

— C est bon, on y va !

Ils marchèrent vers la sortie. Gabriel passa un bras autour des épaules de Sofia pour donner l'illusion d'un couple qui se promenait. Arrivés dans la rue, Sofia n'y tint plus :

— Mais enfin, qu'est-ce qui vous prend ?

— Je viens de voir Grégory.

— Ah, bon. Et c'est ça qui vous met dans cet état ?

Gabriel ne laissa pas paraître son étonnement et continua à la presser de rejoindre le 4X4.

— Hé, je vous parle ! dit Sofia offusquée par son attitude.

— Plus tard. Montons. Vite !

Sofia s'exécuta en soupirant. Elle s'installa au volant mais ne démarra pas.

— Maintenant vous allez me dire ce qui se passe ?

— Non. Gabriel fixait son rétroviseur.

— Expliquez-moi !

Gabriel vit les deux brutes dans le rétro foncer sur eux.

— Démarrez !

— Je veux savoir si vous allez me dire ce qui se passe. Oui ou non ?

— Démarrez ! Ils sont là !

— Je veux….

— OK OUI ! Mais pour l'amour du ciel démarrez !

Sofia tourna la clé de contact et écrasa l'accélérateur.

Sofia réussissait à maintenir la distance entre eux et les deux maousses à bord d'une BMW. Elle connaissait bien les routes et ruelles de la ville et elle n'arrêtait pas de bifurquer sans arrêt pour les semer.

Elle grilla un feu rouge, ce qui provoqua derrière eux un carambolage à leur avantage durant une bonne minute. Malheureusement, la BMW finit par passer et les rattrapa à nouveau.

— Merde ! Ils sont encore là ! dit-elle en jetant un œil dans le rétroviseur.

— Gabriel n'avait pas décroché un mot depuis le démarrage et se tenait fermement à la poignée au-dessus de sa tête.

C'est alors que Sofia emprunta une voie sans issue.

— C'est une voie sans issue ! Qu'est-ce vous foutez ?

Sofia l'ignora. Gabriel pâlit. Ils arrivaient dans un cul de sac. Sofia pila, ôta sa ceinture de sécurité, se retourna vers la banquette arrière et saisit une barre de fer.

— Suivez-moi !

— Vous êtes dingue, ils sont armés !

— Suivez-moi !

Sofia se rua sur une plaque d'égout et la souleva à l'aide de la barre de fer avec une facilité déconcertante.

— Descendez !

— Quoi ?

— DÉPÊCHEZ-VOUS…, persifla Sofia.

Gabriel s'exécuta suivi de près par la femme qui lui marcha presque sur la tête et réajusta la plaque d'égout en place.

Juste à ce moment, la BMW stoppa dans l'impasse. Ils entendirent les deux hommes courir et jurer en constatant que le 4X4 était vide. Ils les cherchèrent pendant quelques minutes aux alentours puis décampèrent comprenant qu'ils avaient été déjoués.

— Où est-ce qu'on est ?

— Dans les égouts. Laissez-moi passer devant. Sofia n'attendit pas son accord.

Elle descendit rapidement le long de l'échelle et sauta sur le sol dans l'obscurité la plus totale.

— Attendez ! On y voit rien dans ce trou à rats !

Gabriel entendit un bruit de tissu. Une lumière apparut.

— Une frontale, ça sert toujours ! Sofia souriait.

— Je suis content que vous le preniez ainsi…

— Restons pas là. Suivez-moi et regardez bien où vous mettez les pieds.

Sofia faisait des pauses par endroit et fixait la paroi murale en la touchant du bout des doigts.

— Qu'est-ce que vous regardez à chaque intersection ?

— La direction. La réponse était évidente pour la tenancière de ranch.

— La direction ? Je ne savais pas, mis à part les noms de rues, que les égouts possédaient des panneaux indicateurs…

— Il n'y en a pas.

— Et ses marques que vous consultez sans cesse…

— C'est le code secret pour rentrer à la maison. Depuis le temps, j'ai un peu oublié le chemin…

— Un code secret ? Et moi je suis Indiana Jones et vous Marion, c'est ça ? Allez-vous enfin me donner une explication rationnelle à tout cela ?

Sofia se retourna, mains sur les hanches, narquoise :

— Vous aussi, vous avez envie de comprendre ?

— Bon, je reconnais que je vous dois quelques éclaircissements…

— Quelques éclaircissements …. !

— Oui. Bon. Plus tard, c'est pas l'endroit pour.

Sofia laisse passer un silence.

— Ces marques sont un vieux code entre Alex et moi quand nous avions une douzaine d'années. Cela nous permettait de retrouver le chemin de la maison.

— Vous jouiez ici ? Drôle de jeu…

— C'était pour échapper aux bandes qui voulaient nous frapper. Ils étaient costauds et pas nous. Par contre, nous, on a été plus malins. Ils n'ont jamais compris comment on faisait à se réunir chez nos copains en échappant à leur vigilance. Sofia rit.

— Je dois reconnaître que vous avez un certain sens de l'humour. Je ne trouve pas cela très marrant. Et qui est Alex si je puis me permettre ?

— Vous allez le savoir dans cinq minutes.

— Dans cinq minutes ? Nous sommes encore en train de patauger dans les miasmes. Vais-je enfin faire la connaissance du premier rat savant ?

Sofia grimpa à une échelle.

Toujours à l'aide de la barre de fer, elle déplaça une plaque au-dessus de sa tête et fit irruption dans une ruelle isolée. Tel un chat, elle se déplaça souplement jusqu'à une porte et composa un code musical avec la sonnette de la porte. Trente secondes s'écoulèrent.

— So !

— Alex.

Les deux tombèrent dans les bras l'un de l'autre.

— Gabriel. Un ami. Tu permets qu'on emprunte ta douche ?

— Fais comme chez toi, sœurette.

31

Alex avait servi des cafés. Sofia et Gabriel étaient affalés dans un fauteuil moelleux, les cheveux encore mouillés après une bonne douche. Sofia prit les devants.

— On est passés par notre chemin parce que deux dingos en voulaient manifestement à nos fesses et la raison de ceci, Gabriel va nous l'expliquer.

— Quand je vous ai quittée à la foire, je me baladais quand je suis tombé sur Grégory. Vous imaginez ma surprise.

— Je vous avoue que non. D'accord, il vous a laissé tombé sans crier gare mais bon… De plus je vois mal la relation avec le fait de se faire courser par deux tueurs.

— Sofia. Il y a trois semaines, Grégory est mort dans mes bras !

— Quoi ! Qu'est-ce que vous me chantez là ? Grégory n'est pas mort !

— Pour moi, il l'était. Et sous mes yeux ! Alors vous comprenez ma réaction en le voyant tout à l'heure.

Gabriel entreprit de tout raconter à Sofia depuis le début.

— La jambe, c'était pas en coupant du bois alors...

— Vous me voyez vous dire que je m'étais pris une flèche ?

— Bon et maintenant qu'est-ce qu'on fait ?

— D'abord il faut sortir Grégory de ce guêpier.

— Mais il est avec eux !

— Mais non. Réfléchissez. Il ne m'aurait pas averti ce matin et n'aurait pas retardé les gars pour que j'ai le temps de prendre la fuite. Déjà au chalet, il m'avait dit m'avoir protégé.

— Mais pourquoi ?

— Ça, je commence à m'en douter. Ce qui est sûr, c'est qu'il n'est pas des leurs.

— Comment pouvez-vous en être aussi sûr après tout cela ?

— Tenez, voyez déjà ceci.

Gabriel exposa la montre de Grégory portant les insignes. Sofia l'observa longuement sans mot dire. Puis solennellement et d'une voix atone :

— Ce sont les mêmes signes que ceux de la chevalière de Brody.

— Vous êtes sûre ?

— Absolument.

Gabriel blêmit.

— Qu'y a-t-il ?

— L'homme à la voix rauque…

— Si vous m'expliquiez.

— Ma mère m'a toujours raconté que mon père qui s'était fait gazé à la guerre, en avait gardé la voix rauque. Ce dernier est parti avec mon frère quand j'avais trois ans, me laissant avec ma mère. Ma mère n'a jamais voulu me dire où ils étaient partis. Elle disait qu'elle n'en savait rien.

— Ce qui voudrait dire que Grégory et Brody…

— Sont mon père et mon frère.

— Je sens que ça se complique.

— Je dirais plutôt que je vois plus clair.

— Quelle chance !

— Je crois que nous sommes face à une organisation clandestine d'animaux clonés. N'oublions pas que je suis un forestier. Or, mes supérieurs en m'envoyant sur Townlake savaient que je me lierais obligatoirement avec Grégory qu'ils avaient sûrement dû envoyer en mission mais qui devait avoir du mal à arriver à ses fins. Ainsi, je devenais la taupe de service sans même le savoir et ils m'ont utilisé pour appâter le poisson à mon insu. Mais comme ils ne pouvaient pas me dévoiler le topo au risque de tout compromettre, il fallait qu'il récupère les données scientifiques sur mon PC afin de pouvoir recouper leurs propres données et enfin prouver qu'il y avait bien un trafic d'animaux.

— Mais qu'aviez-vous découvert sur les animaux ?

— J'avais surtout observé un comportement inhabituel chez eux vis-à-vis des hommes. Ceux-ci n'étaient plus du tout méfiants envers eux. Il ne pouvait donc plus s'agir d'animaux sauvages mais de bêtes ayant été mis au monde en milieu humain puis relâchées dans la nature. Ce qui explique, le fameux soir où Ernie avait entendu un hydravion et des bruits de sabots. Ce n'était pas du tout le fruit d'hallucinations.

— Et Grégory dans tout cela ?

— Je pense qu'il bosse du bon côté et qu'il cherche réellement à savoir qui sont ces types qui portent ces signes mystérieux.

— Mais comment expliquez-vous que lui et Brody portent eux aussi les signes ?

— Il fallait qu'ils se confondent avec eux je pense. On verra ça plus tard.

— Enfin, tout cela reste hypothétique. Ils font peut-être réellement parti de leur bande…

— À nous de nous en assurer.

Gabriel se redressa, décidé à passer à l'action. S'adressant à Alex :

— Vous avez une voiture ?

Alex lui tendit les clés qu'il avait dans la poche :

— Ne l'abîmez pas trop.

— Je viens avec vous, s'emporta Sofia.

— Non ! Il faut que j'y aille seul.

— Sans moi, ils vous repéreront dès que vous aurez fait un kilomètre. Je connais Butte par cœur.

— Bon. Mais vous resterez dans la voiture.

Ils foncèrent au garage où une Subaru bleue les attendait.

Les axes principaux étaient à bannir. Ils passèrent par des ruelles si étroites qu'ils durent replier les rétroviseurs pour s'y faufiler. Sofia le fit se garer dans une impasse donnant sur l'immeuble de la SOCIÉTÉ ECOLOGIE ANIMAUX

— Vous restez là, ordonna Gabriel.

— Et comment je saurai que vous vous en sortez ou si je dois appeler les secours ?

— Vous avez un portable ?

— Oui.

— Je mets le mien en vibreur. Je vous bipe si j'ai un problème.

— Et si je n'ai pas de signal ?

— Laissez-moi une demie heure.

— D'ac. Mais pas plus !

Gabriel brandit un pouce en guise de réponse et se dirigea vers l'issue de secours de l'immeuble. Au quatrième étage, l'attendait la clé de l'énigme.

Gabriel emprunta les escaliers.

Cela faisait tout juste cinq minutes qu'il avait quitté Sofia que son mobile vibra. « 2T sont là ! ».

Gabriel espéra qu'il ne s'agissait pas d'un appel au secours et que Sofia avait pu se cacher.

Il parvint dans un couloir ; se faufila dans un placard de rangement du personnel de nettoyage pour en ressortir vêtu d'une combinaison bleue, d'une casquette, un balai en main.

Des personnes circulaient et personne ne lui prêta attention. Gabriel frappa à la porte du Directeur.

— Entrez. Un type en costume et cravate était installé derrière un bureau où s'empilaient des dossiers. Vous devez faire erreur. Repassez plus tard pour le ménage.

— Je préfère le faire de suite.

Gabriel planta son regard dans celui de son supérieur.

— Beauregard ! Quelle farce ! Mais que faites-vous accoutré ainsi ?

Tout en parlant, il se rassit et tira un tiroir pour saisir un revolver mais Gabriel anticipa son geste et se jeta par-dessus le bureau en rabattant le tiroir sur le bras de l'autre qui hurla. Deux brutes firent irruption dans la pièce et se ruèrent sur Gabriel le projetant sur le mur comme une poupée de chiffon. Gabriel se releva aussitôt en claudiquant.

— Espèce de pourriture, vous faites du clonage interdit par les lois !

— Disons que nous faisons quelques expériences. Débarrassez-moi de lui.

Les tueurs eurent à peine empoigné Gabriel que Sofia, Grégory et Brody épaulés de trois autres types surgirent dans la pièce armes au poing.

— Relâchez-le, cria Grégory.

Deux gars furent menottés et emmenés sans ménagement. Brody s'occupa de leur patron.

Grégory tendit une main à Gabriel.

— Ça va frangin ?

Gabriel hésita un instant abasourdi par la rapidité de l'action, puis lui serra la main.

— Maintenant, ça va aller.

Grégory regarda Sofia par-dessus son épaule.

— Je te présente notre super agent, Sofia.

— Je crois avoir déjà fait sa connaissance.

EPILOGUE

Le chalet. Gabriel, Grégory et Sofia achèvent un repas alors que la nuit tombe. Des rires complices emplissent l'espace. Gabriel a son bras sur le dossier de la chaise de Sofia.
Une voiture de police se gare dans la clairière.

Gabriel sort sur la terrasse rejoindre Brody dont les traits sont tirés. Le père et le fils n'échangent aucune parole et se dirigent vers les rives du lac.
Brody ramasse un galet et le lance. Il réussit six ricochets. Il attend.
Gabriel se baisse, saisit un galet et réalise sept ricochets.
Brody lui fait face, le visage radieux.
- T'as pas perdu la main, fils.